小書房大天地

【目錄】本書總頁數共272頁

I 作家的心事

II 文學獎的背後

Ⅲ 隨筆與報導

序／吳鈞堯

明燁的文學地景

蔡明燁訪幼獅公司時，我曾匆匆見她一面，不過，這一面還真是匆匆，導致我事後回想那一面的有或無，都難以辨認。明燁在〈當讀者遇到作者……〉一文曾提到，「當讀者和作者面對面時，除了理性方面的心智活動之外，顯然還有感性層面的心靈運作在暗中進行，從而在無形中使讀者的精神境界獲得某種啟迪或昇華」。然而，作者總也無法跟讀者面對面溝通，文字便成了作者的分身，於是多年來，我遂留下一個無法證實的記憶，跟明燁的分身——「文字」，說了許多話。

書信往返的內容，跟明燁的文章，恰是兩種性格。書信裡，我們甚少交換文學觀察跟心得，多談瑣碎之事，像是感冒、旅遊、書展活動、台北的寒流跟颱風，或者何以明燁一下子住歐洲、一下子在寧波跟上海，而我常常在明燁換了居所時，才又聽見時間翻動的聲音。有時候我會有一個錯覺，明燁像是打地鼠遊戲中，四處鑽來跑去的地鼠，我是拿著槌子的那一個人，卻也是拿著槌子發呆的那一個人。

有一個聲音在這時閃動出來：什麼因緣，讓一個人的足跡遍布世界？而這樣一個旅者，又憑藉什麼信念安頓他的足跡，使他的軌道不致渙散、荒唐？我很快就發現，明燁對文學的關愛已是遇時遇景，就能隨即啟動的，她每到一處就能開啟自己，把當下納入觀察跟探索的對象，文學成了明燁發現跟樂於運用的語言。

當然，在書信裡，我們是不談這一些的，我們談健康跟咖啡，談上海哪裡好玩。這是感性的明燁，無拘束的，一派輕鬆。但這樣的明燁訴諸寫作時，又展現理性思考的一面。

本書多篇文章在《幼獅文藝》發表，像是衛報首部作品獎、非小說類的文學獎、諾貝爾文學獎、普立茲獎、美國國家書評獎、美國國家圖書獎等，明燁花了很多時間做史料記錄，條列各文學獎淵源、特色，專欄名為「課堂外的流行書訊」。專欄設立的著眼是，翻譯文學在台灣向居要角，各式得獎作品攻佔書市時，卻乏相關書籍介紹獎項的特色跟獲獎要件，翻譯書在台灣熱鬧喧嘩，卻明顯少了詮釋，明燁的專欄便在補足台灣書市的不足。撰寫該欄時，明燁可說上天入海、寰宇全球了，專欄文章也收錄在本書，將是對文學感興趣，以及文學出版從業者的重要參考資料。

明燁篇章多見第一人稱為文，頗有擔任嚮導的意思，但明燁的「我」並不洩漏私家生活之祕，〈我的讀書會〉、〈當讀者遇到作者……〉等隨筆觀察，終能瞥見她跟夫婿格雷對文學的熱愛，和她的閱讀軌跡。然而，這些隨筆，又豈能當作「隨筆」？明燁旁徵博引，東西方文學任行遨遊，先哲慧語引介裁用，可見明燁的好學跟品味，都讓人佩服，文體亦已呈現知性書寫的晶瑩質地。明燁是一位厚學的人，薄學如我，哪能厚顏為序？只能就一個讀者的立場寫一微言。

不知道明燁這會兒流浪何方？又會從哪一個國家哪一個區域鑽出來？收到明燁的信，我還會有一種恍惚：明燁織就了她的文學世界地景，而我的地圖，卻還張羅不到畫布……也慶幸本書的出版，成為我的以及許多人的閱讀地圖。

後記：剛完成序文草稿時，蔡明燁忽然來電，我心想，不知她從何國打來？原來就在台北，真出人意表了。儘管她在台北，卻還是忙的，我們在電話中討論在高雄會面。不過，不在這個月或下個月，卻討論著來年春天的約。

1

作家的心事

10

生活的循環：梅意芙・賓奇

緣起

您聽說過愛爾蘭小說家梅意芙・賓奇（Maeve Binchy）嗎？我是在一九九五年的時候，因為她的小說《他們愛的故事》（*Circle of Friends*：獨家）被好萊塢拍成電影，這才知道有這麼一位女作家的存在。

《他們愛的故事》是一個溫馨的浪漫故事，敘述三個愛爾蘭女大學生認識了一位英俊的橄欖球員，結果其中長得最不起眼的醜小鴨卻抓住了帥哥的心，兩人尋得了真愛。情節雖然不像童話故事那麼遙不可及，終歸帶有美夢成真的夢幻色彩，使人在閱畢之後如沐春風！而賓奇的作品大多如此，圍繞著友情、愛情、忠誠與背叛的主題，彷彿生活的循環，讀她的小說有如在喝滋補心靈的雞湯，無論結局做何安排，最後總讓我們對人生和人性都充滿樂觀的期待。

於是從《他們愛的故事》之後，我就一直很喜歡賓奇的作品，只不過是「偷偷地」喜歡，可能因為在潛意識裡，我對於雅俗共賞的作家有時候還是不免感到疑慮，不敢確定他們是否真的能夠經得起時間的考驗？

直到兩天前我去參加了一個英國里茲大學（University of Leeds）召開的電影學術研討會，會上有人表示，如果根據現有電影作者論來分析，李安雖然得獎無數，卻無法被當成一個電影作者來看待！這個論點讓我感到如夢乍醒，腦海中立即浮現「本末倒置」及「削足適履」這樣的成語——無論研究的對象是電影或小說，理論應該是學者拿來幫我們歸納並進一步了解現有資源（也就是全世界各種作者、作品、導演、電影……等）的依據，可是當理論跟不上時代與科技變遷的腳步而無法提出適切的評估標準時，雖然否定一個作者的才華要比挑戰理論的不足容易得多，但我想電影學者至少應該要有足夠的自覺，認識到問題或許不在李安，而在作者論是純西方的產物，那麼對於一個穿梭於東西文化之間的文化工作者來說，是否至少應該檢驗一下西方理論的時空限制，再來討論李安到底算不算是一個優秀甚至偉大的電影導演？理由何在？同樣地，我之所以拿捏不準賓奇的文學地位，問題很可能不在賓奇，而在我自己，但是為什麼我非得認為只有「偉大」的作家才值得公開喜歡或大力推薦呢？於是這一點自覺促成了我寫這篇文章的動力。

賓奇VS.瓊瑤VS.奧斯汀

我覺得梅意芙．賓奇的創作品味很可能介於現代愛爾蘭版的瓊瑤與珍．奧斯汀（Jane Austen, 1775-1817）之間。某些論者或許會認為瓊瑤屬於通俗作家，難以和古典的珍．奧斯汀相提並論，但是我相信像瓊瑤這樣一個能夠超越時空、在兩岸三地及其他華人地區長久以來享有廣大讀者群的創作者，一定有她的過人之處，即使深奧的文學理論也無法說出一個真正的所以然來！所以，我並不覺得將三個人互作類比有何不妥。

無可諱言，賓奇的故事背景總是設於二十世紀的愛爾蘭，瓊瑤小說多半設於同一世紀的台灣，奧斯汀鍾情的則是十八世紀英格蘭的中上層社會，但是拋開這種表面上最明顯的差異不談，賓奇和瓊瑤最大的區別在於賓奇的筆觸非常幽默，沒有瓊瑤的多愁善感；賓奇和奧斯汀的不同，則在她對人物的談吐舉止通常比較踏實、接近鄉土。不過，賓奇的創作量和瓊瑤一樣可觀（當然，瓊瑤還是更勝一籌）（請參見表一），而且三位女小說家一律習慣以女性角色為主

表一：梅意芙·賓奇（Maeve Binchy）長篇小說年表（1982-2009）

年度	書名
1982	《點燃希望的火燭》（*Light a Penny Candle*）
1984	《紫色公車》（*The Lilac Bus*）
1985	《回音》（*Echoes*）
1987	《螢火蟲之夏》（*Firefly Summer*）
1988	《銀婚》（*Silver Wedding*）
1990	《他們愛的故事》（*Circle of Friends*：獨家）
1992	《銅椈》（*The Copper Beech*）
1994	《玻璃湖》（*The Glass Lake*）
1996	《夜班》（*Evening Class*）
1998	《泰拉路》（*Tara Road*）
2000	《紅色羽毛》（*Scarlet Feather*）
2002	《昆汀》（*Quentins*）
2004	《星雨之夜》（*Nights of Rain and Stars*）
2006	《山楂林的故事》（*Whitehorn Woods*：天培 2008）

軸，從女主人翁的視角做為出發點，至於她們所關心的也都是古往今來的凡夫俗女們魂牽夢縈的議題：戀愛、禁果、婚姻、婚外情、離婚……等。然而，賓奇的文學世界比瓊瑤和奧斯汀都有更貼近現實醜惡的一面，因此她的作品並不避談宗教衝突、墮胎、財務危機乃至破產的挑戰等問題。

賓奇的寫作歷程相當順利，成名雖不能算早，一直到四十二歲才寫了第一部長篇小說《點燃希望的火燭》（*Light a Penny Candle*），可是一九八二年甫出版就一炮而紅。這本書講述的是二次大戰期間，倫敦少女伊莉莎白（Elizabeth White）被送往愛爾蘭避難，從而與愛爾蘭少女艾玲（Aisling O'Connor）結成死黨，隨著她們的成長，艾玲深厚的友情幫助伊莉莎白度過了父母離異的痛楚，伊莉莎白的精神支援則幫助艾玲走過了一段不幸的婚姻。短短五年間，當賓奇在一九八七年完成另一部長篇小說《螢火蟲之夏》（*Firefly Summer*）時，她已經是全球性的暢銷作家了！本書描寫的是愛爾蘭一個人煙稀少的寧謐小鎮，因為美國富豪來此大興土木建立連鎖旅館，結果一向和睦的鎮民們彼此變得勢不兩立，一派受到商機的吸引紛紛向富豪靠攏，另一派則為小鎮生活及自然環境的慘遭破壞而搥胸頓足，連經營酒吧、原本恩愛美滿的萊恩（Ryan）夫婦也因此反目成仇……。

不過賓奇的聲名之所以能在英語書市如日中天，卻是拜前美國第一夫人芭芭拉．布希（**Barbara Bush**）之賜。一九九〇年代中期，芭芭拉在美國接受一個黃金時段電視節目的訪問時表示，賓奇是她最欣賞的女作家，此言一出立刻讓賓奇的身價暴漲，她當時在坊間的新書是《玻璃湖》（*The Glass Lake*），一夜之間就衝上了美國暢銷書排行榜之冠，連帶地也在其他地區勢如破竹！《玻璃湖》的女主角是一位美麗而憂愁的少婦，和藥劑師丈夫幽居於愛爾蘭鄉間，經常徘徊於空靈的湖邊，有一天少婦忽然不見了，只留下湖心一艘顛覆的小船，沒有人知道少婦失蹤當天究竟發生了什麼事，這個難解的謎題後來使他們的女兒在精神上備受困擾。

如前所述，賓奇的小說總是以愛爾蘭為背景，當她的作品開始吸引大批美國讀者希望前往愛爾蘭尋找書中虛構的場景時，駐美國愛爾蘭旅遊局便一而再、再而三地哀求賓奇寫個真實的村鎮，不過賓奇卻總是委婉拒絕，因為她說自己是律師的女兒，太明白訴訟纏身之苦！她擔心一旦小說有個確切的根據地之後，潘朵拉的盒子被忽然開啟，她很可能會被迫去應付太多意料之外的指控。

所以到了今天，賓奇仍舊一如既往，喜歡把故事編織在自己憑空幻想出來的地方，只不過她有一套獨特的方法，才能讓虛構的村落栩栩如生又各具特色

——當她開始構思新的小說時，她會同時把自己所假想的小鎮畫成地圖，在這張地圖裡，她對每個人物的住處聊如指掌，只要她在草稿裡提到了一個名字，她就會趕緊在地圖上標出這個人該住的房子和生日！不過賓奇也不吝和讀者分享她的糗事，她說有一回忘了在地圖上確認一個角色的資料，結果小說寫了一半才發現這個人到了二十八歲還在上小學！她只得回頭重新修改故事的部分內容。

至於賓奇幾乎能夠每兩年就有一部新的長篇小說問世，其實也是有訣竅的，但這個訣竅說穿了卻不稀奇，主要便是作家自律的功夫——她的工作時間表是以每兩年為一個單位，規定自己花七個月左右的時間編出一個新的故事架構，從九月份到隔年的三月寫完稿件，交稿日期固定都在三月十五日。

換句話說，浪漫小說家的寫作習慣是一點兒也不浪漫的。記得瓊瑤有一部小說《在水一方》，書中女主角愛上了一個以寫作為職志的青年，其中有一段情節便是原本不食人間煙火的女主角，不得不開始計算一個專業作家必須爬多少格子才有辦法養家餬口，從而鼓勵男朋友應該每天不間斷地書寫，可惜男主角只相信天份和靈感，所以兩個戀人不免落魄潦倒，而且感情急遽直下！賓奇想來不曾讀過瓊瑤的小說，不過如果她有機會看到《在水一方》這段情節的話，想必會覺得心有戚戚焉才是吧！

生活的循環

賓奇出生於一九四〇年五月二十八日都柏林郊區的一個小鎮，記憶中的童年平凡而幸福，母親的能幹是她最津津樂道的話題，例如小時候媽媽怎麼幫孩子們治療小病痛、小傷口，怎麼料理聖誕節的火雞大餐，又怎麼不動聲色地就說服了鄰近的商家把最好的東西以最合理的價格賣給她，又幫她送貨到府！這種務實的作風和性格特質無疑為賓奇小說的女角提供了重要藍本。

據傳愛爾蘭有一種流浪說書人的古老行業，聽眾可以憑他們對故事的滿意度掏腰包賞錢。賓奇說她從小就嚮往著自己有一天可以當個專業的流浪說書人，而她的兩個妹妹和一個弟弟便是她訓練自己說書能力最佳的對象，雖然她當時的「聽眾們」常嫌她的故事過於冗長，但她並不以為意。

賓奇的母親和奧斯汀筆下的多數母親一樣，一心盼望女兒長大以後可以嫁個有可靠資產的好對象，特別是像醫生、律師或會計師等擁有高尚職業的專業人士，將來好搬到「都柏林四區」（Dublin 4）的豪宅裡去！可惜賓奇說她自己高頭大馬又愛高談闊論，大學期間雖然對每個科目都有興趣而把書念得很愉快，可是卻因缺乏強烈的求知慾而成績平平，並非傑出的才女，加上她年輕時選擇去度假的地點皆非傳統專業人士經常出入之處，例如她喜歡搭乘廉價的郵輪、去美國的兒童夏令營擔任輔導員，或者去以色列的奇布茲（Kibbutz）集體農場當義工等。因此賓奇的母親慢慢地打消了為女兒物色如意郎君的夢想，不過後來賓奇有一部短篇小說集以《都柏林四區》命名，算是對老媽的一番美意做了一點交代。

有趣的是，賓奇的旅遊經驗雖然未能幫她的婚姻鋪路，但她寫了一封又一封文情並茂的家書向親人報告異地見聞，她的父母讀得津津有味，更為女兒的寫作才華感到驕傲，結果他們根據賓奇的手稿重新打字，然後寄給當地報紙的副刊編輯，無意間竟為女兒的寫作生涯揭開了序幕——賓奇在大學畢業之後雖然有擔任新聞記者的渴望，但她的第一個工作卻是教書，直到八年之後才因這幾封精采的長信受到《愛爾蘭時報》（*The Irish Times*）的網羅。進入《愛爾蘭時報》之後，賓奇的文采很快就獲得上司的賞識，派她去倫敦寫每週專欄，而也就是在倫敦的這段日子，她認識了自己將來的夫婿高登．斯奈爾（Gordon Snell）。

寫了一陣子的專欄之後，《愛爾蘭時報》把賓奇從倫敦調回總部去擔任婦女版編輯，但當她摯愛的雙親在一九七二年相繼過世時，悲痛又寂寞的賓奇決定回到倫敦去為心靈療傷，同樣以寫作為業的斯奈爾在這段期間成為她最親密的好友，於是四年之後當賓奇三十七歲那年，兩人終於因感情的昇華而步入結婚禮堂。賓奇坦承，她從來不敢奢望完美的婚姻，因為她知道維繫感情需要男女雙方共同付出極大的心力，可是她和斯奈爾的夫妻關係是那麼和諧美好，簡直超出她的想像，甚至連沒有孩子都對他們的生活沒有任何影響！賓奇開始寫小說之後，作品裡在在透露出對真愛的信念，似乎便是她自己幸福婚姻的側面寫照。

自成為暢銷小說家以來，她和斯奈爾終於有足夠的財力搬回愛爾蘭，仰賴現代科技與倫敦及遍佈全球的出版社聯繫，而毋須非得蝸居倫敦不可。事實上，賓奇現在居住的地方離童年的老家不遠，弟弟妹妹們也都住在附近，她說小時候總覺得自己住在一個鳥不生蛋的地方，經常向父母親抱怨他們偏僻的小鎮，誰知道年歲漸長之後，她卻特別懷念這裡，如果爸爸媽媽在天上知道她選擇回到這兒落地生根的話，一定會很驚訝！尤其甚者，她記得有一天和爸爸在鎮上散步，看到了一棟建於一八九〇年的老房子，屋主給這棟房子取了一個怪名字叫「Pollyvilla」，當時她的父親大不以為然，回到家立刻忍不住跟全家大小發表高論：「什麼樣的世道人心？怎麼會有人給房子取這樣的名字？」孰料幾十年後，賓奇買下的竟就是這棟 Pollyvilla！——其實，如果賓奇的父親會對這樣的世事滄桑而感到驚訝的話，賓奇的忠實讀者卻應該不會，因為賓奇的戀舊情懷正是她文字的魅力所在。

除了長篇小說的創作之外，賓奇也仍經常在報章雜誌上發表各種文章及短篇作品，甚至在她近幾年開放的個人網站上，也會輪流刊登不同的短篇小說以饗讀者，使她的整體作品量更形豐碩（請參見表二）。

表二：梅意芙．賓奇（Maeve Binchy）其他作品年表（1983-2009）

年度	書名	類別
1978	《中央線》（*Central Line*）	短篇小說集
1979	《梅意芙日記》（*Maeve's Diary*）	愛爾蘭時報專欄選集
1980	《維多利亞線》（*Victoria Line*）	短篇小說集
1981	《都柏林四區》（*Dublin 4*）	短篇小說集
1983	《倫敦交通工具》（*London Transports*）	短篇小說集（舊作新編）
1990	《說書人》（*Story Teller*）	短篇小說集

1992	《短篇小說》（*Short Stories*）	短篇小說集
1993	《維多利亞線，中央線》（*Victoria Line, Central Line*）	短篇小說集（舊作新編）
1993	《都柏林人》（*Dublin People*）	短篇小說集
1996	《交叉線》（*Cross Lines*）	短篇小說集
1996	《今年將會不同》（*This Year It Will Be Different*）	短篇小說集
1998	《歸途》（*The Return Journey*）	短篇小說集
1999	〈芬巴旅館的女人之夜〉（Ladies' Night at Finbar's Hotel）	收錄於與其他小說家合著的《芬巴旅館》（*Finbar's Hotel*）中
1999	《腰痠背痛》（*Aches and Pains*）	散文評論集
2002	《建築工人》（*The Builders*）	短篇小說
2002	《愛爾蘭辣妹》（*Irish Girls About Town*）	與其他愛爾蘭作家合編的短篇小說集
2004	《歸途及其他故事》（*Return Journey and Other Stories*）	短篇小說集
2006	《星光蘇利文》（*Star Sullivan*）	中篇小說
2006	《深深後悔》（*Deeply Regretted By*）	戲劇
2006	《舞蹈時光》（*A Time to Dance*）	散文評論集
2008	《梅意芙．賓奇的作家札記》（*The Mmaeve Binchy Writer's Club*）	日記

二〇〇二年時，賓奇曾公開表示決定封筆，以便開始專心協助斯奈爾發展創作事業，所幸似未成真，因為我們還是持續看到賓奇新的作品陸續問世，而她和斯奈爾也仍甜蜜如昔。斯奈爾的寫作焦點主要在廣播和童書上，從第三者的角度來揣測，雖然賓奇和斯奈爾的創作路線有所不同，或許兩個作家肩並肩地一起工作、一起生活，終歸有他們不為外人所知的難處吧？尤其以世俗的眼光來衡量，兩人的成就並未能完全成正比。不過，知道成名作家仍有他們的困難必須克服，恩愛夫妻也有他們的挑戰必須面對，更重要的是，知道這些困難和挑戰都不是凡人無法承擔、不能跨越的障礙，不禁使人對人世更增添了一點兒信心——俗話說「文如其人」，雖然不是每個作家都如此，但對賓奇了解得越多，就越發現她在許多層面上和她的作品相當切近，因此我說讀賓奇的小說有如喝心靈的雞湯，往往讓我們對生活充滿樂觀的期待，真的是其來有自的。

戀戀風塵：馬丁．布斯

書緣情緣

二〇〇四年上半年，外子應香港中文大學之邀去客座，使我們很幸運地得以去香江住上一個學期，對東方之珠有了一些遊客之外的生活體驗。課程結束回到英倫時值夏季，發現坊間出現了一本記載香江童年的新書——《鬼佬：香港童年回憶錄》（*Gweilo: Memories of a Hong Kong Childhood*），不僅各界的評價很高，題材本身因為我們自己剛旅居回來的關係，更是吸引我的注意，就興沖沖地買了下來！孰料回家之後再瞧兩眼，忽然覺得作者的名字相當眼熟，叫做馬丁．布斯（Martin Booth），結果在書架上半認真地搜尋了一遍，還真的找到了他的另一部作品，竟便是一九九八年入圍布克獎的《靈魂工業》（*The Industry of Souls*），接下來我又陸續從其他的資料上得知，原來布斯在二〇〇二年診斷出罹患腦癌，以意志力堅持完成《鬼佬》後不久，終於在二〇〇四年二月與世長辭了……！霎時之間，我對這本書和布斯本人都在無形中增添了一些奇妙的感情。

我經常想，即使我們和某一個作家從未謀面，光是透過他所寫下的文字，是不是也能稱得上對這個人有某種程度的認識？又或者從另一個角度想，如果和某位作家結成朋友而從未讀過他的作品的話，那麼對這個作家朋友又是否真能稱得上有深刻的認識呢？

我相信這些問題是沒有標準答案的，不過做為一個勤於筆耕的人，我知道自己心中所嚮往的，當然是希望不同世代的讀者都能透過文字與我神交，並進一步對我所介紹的作家們有某一種程度的認識，即使從未謀面，也不見得就必須承受相見恨晚的遺憾。

布斯出生於一九四四年九月七日，在他五十九年的人世歷程中，從未真正成為家喻戶曉的大作家，但他的寫作記錄卻稱得上不同凡響——他出版過十三部長篇小說，其中《廣島喬》（*Hiroshima Joe*）、《隱密紳士》（*A Very Private Gentleman*）和《靈魂工業》都享有崇高的聲譽；他的五部兒童小說當中，《戰犬》（*War Dog*）和《竹竿廣播的音樂》（*Music on the Bamboo Radio*）受到世界各地眾多青少年讀者的喜愛；他還出版過許多詩集、旅行和研究論述，其中《黑幫》（*The Triads*）、《鴉片史》（*Opium: A History*）以及《醫生、偵探與亞瑟・寇能・朵耶》（*The Doctor, The Detective & Arthur Conan Doyle*），都曾受到相當的矚目；此外，布斯還出版過幾部編輯作品，並且是電視圈有名的編劇，他為英國廣播協會（簡稱BBC）撰寫的一系列《野生動物》（*Wildlife On One*）記錄片，已是國際電視史上歷久不衰的經典！當然，布斯最後還完成了講述自己前半生的傳記《鬼佬》，從而打動了無數認識或不認識他、到過或未曾到過同一片土地的讀者心靈。

一個著述如此豐富又優秀的寫作者，為什麼在有生之年未能名利雙收呢？我想這是無人能夠回答的問題，因為「名利」與「富貴」都是運作在一個神祕的層次，所謂時也、運也、命也。不過當某些風靡全球的暢銷作家即將隨著時光的流逝而逐漸遭世人遺忘之際，我相信布斯的作品卻能夠留得下來，而他在這些文字中所反映出來的個人印記，也將使他的生命留下深刻的痕跡。

童年往事

布斯的父親在英國海軍服役，一九五一年隨部隊移駐香港，當時布斯七歲，可是他完全不記得過去的事情，只有當輪船駛向廣闊的大海之後，布斯才突然感覺到自己人生的記憶終於展開了，彷彿那趟旅程才是他真實存在的起點。

布斯對父親在部隊裡所扮演的角色非常好奇，但每次問及，父親總是顧左右而言他，因此布斯猜想父親一定是個情報員，身負機密的重責大任，因而曾和母親發生過一段令人捧腹的對話，到頭來母親實在顧不得揭穿真相不免會使孩子大失所望，坦白告訴他，父親不過是一名海軍雜貨員，換句話說，他的主要工作是幫助艦隊的後勤補給，但問題是他的父親太喜歡在人前人後耍威風，表示自己是個重要人物，所以才故意顯得神祕兮兮，又愛頤指氣使，使得活潑開朗的母親對父親的觀感每況愈下。

父親雖然身在香港，卻一心一意想要保持英式傳統與威嚴，堅持家鄉的生活習慣，不僅拒絕使用當地語言，甚至打心底瞧不起中國人，認為他們全都是沒有知識的苦力；相較之下，布斯和母親的心態卻與父親截然相反，他們對新環境的人、事、物都充滿了興趣和好奇，除了苦下功夫學習廣東話之外，布斯更經常穿梭在九龍、香港島的大街小巷，和乾癟的老太婆打交道、和狗肉販子做朋友、和當地的小孩打群架……。

無疑地，布斯童年的冒險經驗對他日後的思想與人格產生了深遠的影響，他的長篇小說《廣島喬》，便是以從前在香港認識的一位英國移民為藍本改寫而來，同時他在小時候曾經誤闖鴉片館、巧遇黑幫混混的點點滴滴，也都成為後來撰寫《黑幫》、《鴉片史》及《龍與珠：香港筆記》（*The Dragon & the Pearl: A Hong Kong Notebook*）等書的靈感泉源。

弔詭的是，做為一個聰明伶俐的英國小孩，布斯在香港巷弄間的胡鬧嬉戲，從未使他遭遇過真正的危險，反而是他具有暴力傾向的父親，才是對他人身安全最大的威脅。布斯描述有一天母親帶他去痲瘋病院探訪病人，由於當時許多本地人認為金髮代表好運，平日當他在街上遊玩的時候，已經很習慣順應陌生人的要求摸摸他的一頭金髮，因此他也同意讓一名痲瘋病人摸了他的頭髮，孰料回到家後被父親發現，大發雷霆，狠狠毒打了他一頓！布斯坦承，這雖然不是他第一次遭受父親的鞭打，卻是他第一次發現對父親的恨意已經油然而生，而且這股恨意從此隨著時間日益滋長，造成了他和父親永遠的裂痕。

作家之路

成年之後，布斯在英國本土做過不少工作，包括職員、小工、長途卡車司機……等，這些記憶成為他早期小說《載運者》（*The Carrier*）的素材，不過他對這部作品非常不滿意，甚至到了宣布與之脫離關係的地步。

隨後布斯決定接受教職訓練，而也就是在這段期間，他接觸到了幾位當時著名的英國詩人，在他們的師承和鼓勵之下，從一九六〇年代末期開始發表詩作。他一邊寫詩，一邊在中學教書，逐漸受到東歐翻譯詩的吸引，進而曾經遠征羅馬尼亞和蘇聯，企圖尋找那種東歐文學的精力來源，他的詩作不僅曾經在BBC廣播電台被朗誦，也曾於一九七一年獲頒作家協會（Society of Authors）所贈予的葛里哥萊文學獎（Gregory Award）。回顧此一文學獎歷來的得獎名單，包括了日後諾貝爾文學獎得主希姆斯．黑倪（Seamus Heaney，或譯悉尼）在內，可見布斯寫詩的才華也應非泛泛才對。不過當布斯發現自己的詩集一直不能獲得大出版社的肯定時，他的注意力開始慢慢轉向小說，接著又陸續擴展到散文、論文及傳記等文學型態上。

事實上，一直到布斯終於發現，原來自己早年的異域生活，才是潛伏在他內心深處最大的熱情時，他的創作活力這才一發不可收拾，任何能夠釋放他那顆探索、騷動心靈的題材，都讓他一概以全副的精力和狂喜加以擁抱！他替以保護印度老虎為職志的科爾貝特（Jim Corbett）寫傳記，在《地毯大人》（*Carpet*

Sahib: A Life of Im Corbett）中，我們看到探險家如何獻身於環保運動，無怨無悔；他研究神探福爾摩斯（Sherlock Holmes）的創造者朵耶爵士傳奇的一生，在《醫生、偵探與亞瑟．寇能．朵耶》中，我們發現朵耶有酗酒的父親和貧困的童年，但憑著他的勇氣和超人的自信，最後長成了一名運動全能的探險家、醫師、政治家和小說家，但同時又是一位頑固、專橫的謎樣人物；此外，他也對一九二〇年代的怪異詩人克勞里（Aleister Crowley）深感興趣，在《魔術人生》（*A Magick Life*）這本傳記作品中，我們對克勞里的惡魔崇拜驚奇不已。

布斯還進一步成了一位野地旅行家，他為ＢＢＣ的《野生動物》記錄片上山下海，千里跋涉而樂在其中，熱切支持環境保護運動，強烈抗議對野生動物的危害與剝削；至於他稍早為寫詩而進行的東歐之旅，則除了呈現在他獨特的詩風之外，也在一九九〇年代帶給我們兩部小說做為獻禮——《謙卑弟子》（*The Humble Disciple*）與《靈魂工業》，後者的主人翁是布斯小說最鍾愛的人物典型，亦即被孤立在異國土壤的西方男子。正如布斯所曾經表示的，他的小說構思很少是先建立起故事架構再創造人物，而泰半是先由一個人物出發，再以這個角色做為有機體自然衍生出適合這個人物的故事主軸。或許正因如此，布斯小說的主人翁似乎都會帶有一些「異鄉人」和「冒險家」的自傳性色彩吧？

整體而言，布斯的小說非常「男性化」，但這絕不是說他的文字毫不細膩感性，也不表示凡是女性讀者就無法欣賞他的作品，而是指他的小說主要都以戰爭、陰謀、政治及冒險行動為背景素材。不過布斯和一般戰爭小說家或冒險小說家還是有差異，其中最大的區別在於他對人性的洞察、對情節張力的掌握，以及對細節生動的鋪陳，例如《竹竿廣播的音樂》設於日據時期的香港，作者描寫十一歲的英國男孩尼古拉斯（Nicholas Holford）隨三名中國男僕避難鄉間，因為熟諳英語和粵語，成為中國游擊隊和英軍在抗日活動中的聯絡人，而小說所處理的，便是尼古拉斯如何在心理上從小男孩蛻變成男子漢的過程，書評家不僅對其緊湊的節奏和精采的文字稱賞不已，也咸認書中的時代刻劃具有歷史研究的價值。

觀察家VS.參與者

正是基於這種對細節傳神的描繪，《鬼佬》才會成為這樣膾炙人口的作品，它固然是布斯本人的自傳，視之為一九五〇年代的香港社會簡史卻又何妨？

布斯曾說，開始撰寫《鬼佬》之初，他原有兩大疑慮：第一、他從來沒有寫日記的習慣，只能憑藉自己的記憶力、一本剪貼簿，以及幾本母親當初留下來的相簿，因此他很擔心資料不足或訊息有誤；第二、他懷疑寫回憶錄會不會顯得過於自大？因為他既不是搖滾歌手或探險家，也不是足球明星或沒落貴族，只是一個耗費大半生在寫作事業上的文字工作者，簡直再平凡不過，因此對於自己的生平是否有什麼值得書寫之處，他感到相當忐忑！所幸在他的孩子一再慫恿之下，布斯總算毅然採取行動，再加上知道自己來日無多，更刺激了他奮鬥的勇氣。

其實，布斯原先的疑慮不過是杞人憂天，畢竟最好的自傳通常來自「觀察家」而非「參與者」，因為參與者在回顧歷史時往往不免唯我獨尊，只能看到和自己相關的一切，也只知從自己的角度來詮釋事件，但優秀的觀察家卻能夠跳脫自我情境，注意到常人忽略的細節，進而透過細節真實的再現，喚醒深埋在腦海的各種回憶與感情，於是一旦當布斯開始下筆之後，他赫然發現昔日年華忽然像打開的水閘般傾洩而出，鮮活得彷彿昨日之事⋯⋯。

不過，如果我們僅將布斯看成是一位單純的生活「觀察者」，我想對布斯並不公平，因為從他的作品中，就足以顯示布斯絕非只是一個「坐而言」的夢想家，更是一個「起而行」的行動派，因此他雖然是一名善於觀察的作家，卻不是這個世界的旁觀者，而是能夠獻身生活與社會的運動家。身兼「觀察家」和「參與者」的雙重身分，雖然布斯在世時未能摘下「暢銷作家」的頭銜，但我想這樣的人生也不至於有太大遺憾了吧？

波斯貓與下午茶：多麗斯・萊辛

文不如其人

「文如其人」其實是非常有意思的一句成語，它經常給讀者一個錯覺，好像如果一個作家的文筆優美典雅，我們通常也會期待作家本人同樣斯文秀氣；反之，如果一個作家文風犀利、憤世嫉俗，那麼我們腦海中所刻劃出來的，一般也會是個有稜有角（如果不至於到張眉怒目如此程度）的肖像。當然，很多作家確然文如其人，但也有很多完全不符合這樣的假想，例如二〇〇七年的諾貝爾文學獎得主，亦即第十位榮獲諾貝爾桂冠的英國作家（請參見表一）暨第十一位封后的女作家多麗斯・萊辛（Doris Lessing，請參見表二）。

想到萊辛，我總是會聯想到波斯貓與下午茶——她在一九一九年十月二十二日出生於波斯（今伊朗），愛貓成癡，我記得自己接觸的第一本萊辛作品就是

表一：英國籍的諾貝爾文學獎得主（1907-2009）

年度	得獎人
1907	吉卜林（Rudyard Kipling, 1865-1936）
1932	高斯華茲（John Galsworthy, 1867-1933）
1948	艾略特（Thomas Stearns Eliot, 1888-1965）
1950	羅素（Bertrand Russell, 1872-1970）
1953	邱吉爾（Winston Churchill, 1874-1965）
1981	卡內提（Elias Canetti, 1905-1994）
1983	高汀（William Golding, 1911-1993）
2001	奈波爾（Vidiadhar Surajprasad Naipaul, 1932-）
2005	品特（Harold Pinter, 1930-）
2007	萊辛（Doris Lessing, 1919-）

表二：歷屆女性諾貝爾文學獎得主（1909-2009）

年度	得獎人
1909	拉格洛夫（Selma Lagerlöf, 1858-1940）瑞典
1926	黛麗達（Grazia Deledda, 1871-1936）義大利
1928	溫塞特（Sigrid Undset, 1882-1949）挪威

1938	賽珍珠（Pearl Buck, 1892-1973）美國
1945	蜜絲特拉爾（Gabriela Mistral, 1889-1957）智利
1966	莎克絲（Nelly Sachs, 1891-1970）瑞典
1991	葛蒂瑪（Nadine Gordimer, 1923-）南非
1993	摩里森（Toni Morrison, 1931-）美國
1996	辛波絲卡（Wislawa Szymborska, 1923-）波蘭
2004	葉利尼克（Elfriede Jelinek, 1946-）奧地利
2007	萊辛（Doris Lessing, 1919-）英國
2009	慕勒（Herta Müller, 1953-）德國

以貓為主題的《特別的貓》（*Particularly Cats*：時報），短短的篇幅裡記載了多隻貓的生命史；其次，我是在一九九一年來到英國的，所以真的開始會在報章雜誌上注意到有關萊辛的報導時，她已經是個老太太，照片上看起來多半笑容可掬，顯得溫暖可親，住的是英國鄉間那種典型的小茅舍（cottage），屋裡則是花花草草的壁紙、地毯、喝茶用具，書桌上是散亂的書報，還有慵懶的貓……。

難怪大多數的新聞記者在採訪了萊辛之後，經常用「波希米亞」（bohemian）這樣的字眼來形容她與她的家，也就是很帶有藝術氣質和文化教養、有點悠閒又有點散漫的那種味道，你可以想像和她一起在花園裡曬太陽、喝下午茶，她懷裡可能抱著一隻貓，和你安詳地閒話家常，或者談論一些對文學的看法。——這固然是今天的萊辛在外表上予人的印象，可是如果你以為她的作品也都是這種輕鬆舒適、隨遇而安的基調的話，那可就大錯特錯了！她的文字充滿了火氣，毫不留情地攻擊種族歧視、性別窠臼，早年曾幫共產主義搖旗吶喊，後來認清共產黨徒「不過是一批自以為問心無愧的殺人犯」，便轉而相信英國工黨（Labour Party）應該才是改革社會的希望，但在布萊爾（Tony Blair）當選之後，她又成為新工黨（New Labour）的在背芒刺，對新一任的英國首相布朗（Gordon Brown）及美國總統布希（George W. Bush）都有尖銳的批判。

萊辛雖然被女性主義者們奉為思想的導師，但她對今天的女權至上者卻完全沒有好話，說她們一味仇視男人，只懂得對新一代的兩性關係加深裂痕並踐踏年輕一輩男性的自尊，偏偏對創造女性福祉毫無建樹！怪不得女性主義學者希果（Lynne Segal）曾語帶幽怨地說：「後進的女權運動家們都很敬愛萊辛，可惜她一點兒也不愛我們。」尤有甚者，萊辛對於九一一事件也有驚人之語，她在獲得諾貝爾獎不久之後曾在接受訪問時表示：「九一一的發生當然非常不幸，後果也很慘重，但如果和（北）愛爾蘭共和軍（Irish Republican Army，簡稱IRA）恐怖行動的歷史比較起來，九一一並不像美國人以為的那麼可怕或那麼特別！……美國人顯然很天真，要不就是他們故意裝得很天真。」此言一出，我們自可以想像大西洋兩岸的文化界掀起了怎樣激烈的一番唇槍舌戰。

換句話說，讀者可千萬不能被「波斯貓」和「下午茶」這樣嫻靜的表面形象給騙了！萊辛的年紀再大、頭髮再白，仍舊保有一種無畏無懼、敏銳、聰慧、毫不妥協、充滿爭議的本色，因此瑞典皇家學院在頒獎時褒揚萊辛「以懷疑、激情和遠見，對涇渭分明的文化做詳細的審察」，可以說是相當中肯的評價。

文如其人

不過如果更深一層來分析的話，「文如其人」這句話還是有它的道理。萊辛的性格彷佛像貓，內斂、深沉、慧黠、變化多端，而且她的寫作題材也多面向地反映了她的生命旅程，除了兩部自傳——《我的骨子裡》（*Under My Skin*）和《走在陰影下》（*Walking in the Shade*）——之外，她的成名作品也往往具有濃厚的自傳性色彩（請參見表三）。

萊辛的父母親都是英國人，父親在第一次大戰中失去了一條腿，對他的身心皆造成巨大創傷，母親是當初在波斯醫院裡照顧他腿傷的護士，兩人婚後生下了萊辛和萊辛的弟弟哈利（Harry Tayler），接著在一九二五年舉家遷往位於南非的南羅德西亞（今辛巴威），盼望能過著快樂富庶的農耕生活，可惜事與願違，因為他們所購買的農地附近百廢待舉，離他們最近的鄰居都在好幾英里之外，而且農場之間根本無路可通，一家人生活在孤立的狀態下，夫妻倆的體能都無法勝任農事的挑戰，加上對新的殖民地社會完全難以適應，因此在萊辛的自傳裡便曾不斷提到母親的悔不當初，又如何竭盡所能地想把一雙兒女教養成知書達禮的紳士與淑女，並把英國文化引進蠻荒之地。

在這樣帶點扭曲又充滿教條約束的家庭環境裡，萊辛七歲時就被母親送進當地的女子教會學校，可是個性頑強的她既痛恨修女的教育方式又不願接受母親的擺佈，到了十四歲終於毅然輟學去當保母，從此以後都是靠自學而成。

萊辛涉獵的範圍相當廣泛，小時候媽媽從英國訂來的文物包裹是她最重要的精神食糧，狄更斯（Charles Dickens, 1812-1870）、吉卜林（Rudyard Kipling, 1865-1936）、史蒂文生（Robert Louise Stevenson, 1850-1894）……等作家都讓她愛不釋手；爸爸所講述在一次大戰中可怕的親身經歷，雖然常為她帶來夢魘，卻讓

表三：多麗斯・萊辛（Doris Lessing）代表作簡介

出版年	書名	內容簡介
1949/1950	《青草在歌唱》（*The Grass is Singing*）	本書是萊辛的處女作，受到她童年在南羅德西亞（今辛巴威）的影響，對非洲的殖民地生活多所諷刺。
1952- 1969	《暴力的孩子》系列（*Children of Violence* series）	極具自傳色彩的小說，背景仍設於非洲，透過瑪莎・奎斯特（Martha Quest）這個角色反映萊辛年輕時對共產主義理想世界的嚮往，以及她對傳統女性角色的揚棄。
1962	《金色筆記》（*The Golden Note book*：時報）	本書一般被視為萊辛寫作事業的里程碑，也被當成是二十世紀女性主義的圭臬，主要環繞著虛構人物吳爾夫（Anna Wulf）所寫的五本筆記，記載了她對非洲、政治、共產主義和性的各種思考與觀察。
1973	《黑暗來臨前的夏季》（*The Summer Before the Dark*）	又一部重要的女性主義小說，面臨更年期的女主角決定毫無顧忌地去探索自己的性別與性慾。
1985	《好恐怖主義者》（*The Good Terrorist*）	本書描寫一名年輕女子無意間結識了一群英國激進分子，更進一步涉入了與其日常生活相去甚遠的（半）恐怖行動，包括 IRA 在內。

她百聽不厭，並豐富了她的想像力；後來長大了些，便開始迷勞倫斯（D. H. Lawrence, 1885-1930）、托爾斯泰（Leo Tolstoy, 1828-1910）和杜斯妥也夫斯基（Fyodor Dostoevsky, 1821-1881）；去當保母以後，她的雇主更讓她放手閱讀家中任何有關政治與社會學的書籍，只不過在這段期間她也經常受到雇主家人的性騷擾。

一九三七年，萊辛搬到了南羅德西亞的另一個城市，當了一年的電話接線生，然後和那個年代多數的年輕女子一樣，十九歲就出嫁了，對象是個農夫，兩人生下了一男一女。婚後的萊辛開始感覺到自己好像在重蹈母親的覆轍，既痛恨日復一日的生活，也痛恨自己被社會規範所指定扮演的角色，終於決定拋夫棄子，加入了一個左派讀書俱樂部（Left Book Club），結識了一批志同道合的共產主義知識分子，其中高特夫列德．萊辛（Gottfried Lessing）是這個俱樂部的重要成員，不久之後多麗斯便改嫁給高特夫列德並採用萊辛的姓氏，兩人生下了一個兒子。

多麗斯．萊辛當初狠心離家出走，棄兩個年幼的孩子於不顧，一直是她最受詬病的個人史，無情、自私的指控時有所聞，即使到了今天，好事之徒仍經常針對她的這個抉擇，問她是否有絲毫悔意？不過萊辛總是表示，那是一個非常困難的決定，卻是一個正確的決定，因為她知道如果當初不敢斷然離去的話，她遲早會步入瘋狂，變成一個酒鬼，不僅將徹底毀滅自己，也會毀了那個家裡的每個人！其次，她說她知道兩個孩子有父親可以依靠，特別是當前夫再婚之後，續弦夫人把孩子們照顧得很好，所以她覺得一般人用「拋棄」這樣的字眼，好像沒有了她孩子們就變得全然孤苦無依，不免言過其實。這不禁使我私下裡猜想，她早年的行動與後來的著作雖然啟發了新一代的女性主義者，但她之所以一再與女權運動當中所謂的「男性仇視者」（man-hater）劃清界線，很可能便是從她個人的經驗裡，她知道不是所有的男人都不可靠，她努力掙脫的也不完全是男人的問題，而是社會制度施加於女人的束縛。例如她就曾經指出，現代女性獲得的最大解放來自兩項發明，一是避孕藥，二是洗衣機，但給予女人這些自由的是科學，而不是女性主義。她認為如果真的要促進女權，最重要的是必須改變社會政策，確實爭取同工同酬以及全面建立完善的公立托兒所，讓女人可以自由地出去工作！

她的上述看法極可能也是從親身體驗中有感而發，因為多麗斯的心靈世界後來也超越了高特夫列德，兩人分手之後，他們體弱多病的兒子彼得（Peter Lessing）在一九四九年跟隨多麗斯來到了倫敦，長期接受多麗斯的照料，步入中年之後的彼得患上糖尿病，迄今依然仰賴多麗斯的看護。她的首部小說《青草在歌唱》（*The Grass is Singing*），描寫一個女人如何受到小城種族歧視的窒息，一九五〇年出版之後立刻造成轟動，揭開了多麗斯・萊辛專業作家的新生涯，不過她做為一個單親媽媽，深深感受到整個社會體系提供給婦女的輔助資源非常有限，雖然從她個人的角度來衡量，她說她發現彼得其實成了她的救星，因為在一九五〇、一九六〇年代的倫敦，如果她沒有必須照顧、撫養彼得的責任的話，她或許很容易像當時的多位藝術家一樣，陷入一個充滿酗酒、吸毒、自戀又自憐的虛浮世界。

創作不懈

成為作家以來的萊辛筆耕不輟，創作活力相當豐沛，只不過倒也不見得字字珠璣，有些作品的評價相當兩極。獲得諾貝爾獎之後，英國《衛報》（*The Guardian*）的記者就曾問她覺得自己最大的成就何在？原以為她會挑出自己最滿意的作品來，不料萊辛卻回答說，她持續不斷地寫了五、六十年，無論如何艱苦、如何困難，她都創作不懈，這種堅持本身便是她最大的成就——真是於我心有戚戚焉！因為大部分的文字工作者們可能都會發現，在難以計畫的人生階段與生活情境之下，不寫有千萬個理由，而寫的唯一理由卻只有「堅持」兩字，但咬緊牙關的堅持根本是說易行難，所以萊辛為自己的堅持而自豪，一點兒也不為過。

雖然萊辛的部分作品有其瑕疵，但她的成名作卻都有開先河的鏗鏘力道，基本上她最受世人矚目的有三個創作階段：第一、她一九五〇年代的創作小說受到自己年輕時在南羅德西亞生活的影響，從《青草在歌唱》到《暴力的孩子》系列（*Children of Violence series*），主要處理的都是激進的社會議題，她所塑造的女性反叛分子瑪莎．奎斯特（Martha Quest），成為了一九五〇年代末期的女性代言人，也被看成是萊辛的自我投射。

第二、一九六〇年代期間，她開始探索女人的精神世界與內心狀態，以大膽的寫實主義出版了《金色筆記》（*The Golden Notebook*），創造了另一個亟欲追求自由的靈魂安娜．吳爾夫（Anna Wulf），描寫她的生活與愛情，以及如何汲汲營營地爭取在個人工作、性、母職和政治上的獨立自主，結果逐漸走向精神崩潰的過程，赤裸裸的心靈告白令讀者目不暇給。本書充滿後現代的實驗手法，使《金色筆記》經常被論者視為早期女性主義的經典，不過萊辛本人相當不以為然，她覺得女性主義者想把本書據為己有，是因為《金色筆記》有宗教的思考面向，讓未經淬鍊的女性主義找到理論與精神的寄託。不過無論孰是孰非，《金色筆記》終歸是萊辛創作生命最重要的里程碑，為她奠定了「時代巨人」的聲譽。

第三、到了一九七〇年代至一九八〇年代初期，萊辛走上了兩條截然不同的創作路線，一條以《黑暗來臨前的夏季》（*The Summer Before the Dark*）為代表，以第一人稱的觀點繼續探索女人的蛻變，另一條則是科幻小說，從一九七九年至一九八三年間，以外太空為背景寫出了一系列五部的《Canopus in Argus》，採取疏離、全知的視角檢驗人性的各項弱點。後進的女性主義作家如加拿大的瑪格麗特・愛特伍（Margaret Atwood），也曾嘗試透過科幻小說對她關心的議題做更全面的表達，並未遭受書迷的極力排斥，不過當初萊辛突然選擇了科幻類型時，許多讀者和書評人卻都因無所適從而大表反感，使她的作家生涯跌進了谷底，因此她後來曾試圖假藉珍・桑莫斯（Jane Somers）這個筆名重新出發，發表了與傳統萊辛較為接近的《好鄰居的日記》（*The Diary of a Good Neighbour*），卻面臨了一般新人要突破既有出版市場的各種困境，直到一九八五年《好恐怖主義者》（*The Good Terrorist*）問世，萊辛才又被市場捧回了主流的行列。

即使如此，萊辛對自己的科幻小說還是情有獨鍾，因此她在二〇〇〇年又寫出了《瑪拉與丹恩》（*Mara and Dann*），並在二〇〇五年出版了續集《丹恩將軍與瑪拉之女的故事》（*The Story of General Dann and Mara's Daughter, Griot and the Snow-Dog*）。《瑪拉與丹恩》可以說是一部早期移民拓荒求生的冒險小說，設於幾千年後的一個虛構世界，兩個孩子步行了大半個地球尋找可以落腳的地方，最後被擁戴為一個部落遺失的王子；續集中則描寫居民們如何對自然環境的慘遭破壞視若無睹，直到為時已晚，才開始仰賴丹恩將軍領導他們走出困局，可是丹恩知道自己的才能不及精力充沛的姊姊瑪拉，因此瑪拉的過世與部族文明的淪喪使丹恩在悲痛中備受心靈的煎熬，所幸他有能幹的吉歐特上尉（Griot）和雪狗羅夫（Snow-Dog Ruff）擔任左右手，協助他面對挑戰。

《丹恩將軍與瑪拉之女的故事》提出了一連串和現代社會息息相關的複雜問題，小至質疑當今風靡全球的明星文化——例如為什麼有些人，好比書中的丹恩，能夠因為他們的外表、聲音或家世而獲得世人的瞻仰，即使他們有許多性格上明顯的缺陷，也都能獲得大眾的容忍？相對的為什麼有些人，好比書中的吉歐特，分明才是真正的英雄，但他們的付出與貢獻卻被社會視為理所當然而未獲得更大的認同？——較深廣的問題則包括當我們明知一切都會消失的時候，面對著無論是一個人有限的生命，或是整個弱勢語言、知識、文化乃至族群的流逝，我們如何鼓起勇氣持續不斷地抗爭做殊死奮鬥呢？萊辛的小說並未提供答案，不過她說自己對人生和人性都不算悲觀，她覺得最重要的是要快樂地活過，哪怕時間很短暫，要感受到那種太陽照射在皮膚上的活力的刺激，更要有自己獨立的思考，即使想岔了都無所謂。

回到原點

萊辛的母親對萊辛的童年生活和心靈世界無疑都有深遠的影響，因此萊辛的許多作品中，一直有一個巨大的母親的陰影存在，可是她卻從未在小說裡正面寫過她的母親，直到她在二〇〇七年完成了手稿《阿夫列德與愛蜜麗》（*Alfred and Emily*），才算對母親的生命與靈魂做了深刻的凝視。這本小說的題目以她的雙親命名，講的就是他們的故事，而萊辛覺得這本書很可能也將成為她最後一部創作的小說。

萊辛表示，她不情願又不得不地和自己的母親對抗了一輩子，她說不上自己是否已經原諒了母親，但她覺得自己至少能夠在小說裡幫她的母親做辯護，解釋問題的癥結，或許這便是一種諒解？她認為自己的雙親都是戰爭的被害者，父親的肢體受到摧殘，母親則是在心靈上受到了無形的戕害，因此她在小說的上半段故意將第一次世界大戰一筆勾銷，好讓父母親可以過一過平凡正常的人生，下半段則敘述他們搬到南羅德西亞之後的生活細節。整部小說基本上是一部反戰的作品，但是萊辛指出，她無意透過小說傳達政治訊息，因為她認為文學歸文學，不是政治宣傳品，無論她自己有多麼強烈的政治意識，她都避免在自己的作品中為政治說教。

如前所述，萊辛和第二任丈夫所生的兒子彼得現在仍和她住在一起，接受她的照拂，她和第一任丈夫所生的兒子約翰（John Wisdom）則成為種咖啡的農夫，已於一九九二年過世，倒是她的兩個外孫女似乎有承傳萊辛智識衣缽的架勢，其中一位是建築師，一位是律師，兩人都是她口中讚賞有加聰明、能幹、才華洋溢的女性。不過萊辛坦承，歲月和自己的經驗都教導了她別想倚老賣老，因此她並不想給外孫女們任何建議或忠告，告訴年輕人怎麼過日子——或許正是這種對獨立、自主和自由的強烈自覺，才使萊辛數十年來如一日，始終保持頭腦的清醒與思想的活力，做為諾貝爾文學獎史上年紀最大的得獎人（八十八歲才獲獎），不僅她本人絲毫沒有過時的跡象，源源不絕的創作至今也依然與時俱進。

巨星殞落：索爾．貝婁

寫過了英國女作家多麗斯．萊辛（Doris Lessing）在八十八歲獲得諾貝爾文學獎的新聞，我想到了在八十九歲撒手人寰的美國諾貝爾文學獎得主索爾．貝婁（Saul Bellow, 1915-2005），他去世的日期是二〇〇五年的清明節，也就是四月五日。貝婁曾於一九七六年同時獲得了諾貝爾文學獎和美國普立茲獎的雙重肯定，堪稱二十世紀英語文壇的大師。

早期作品

貝婁是蘇聯猶太移民的後裔，原姓貝婁夫（Belov），全家於一九一三年由聖彼得堡搬到加拿大後改姓貝婁。索爾．貝婁於一九一五年六月十日在蒙特婁附近呱呱墜地，是家裡四個小孩當中最年幼的一個，原名索羅蒙（Solomon），隨後改為索爾，八歲那年隨家人偷渡到芝加哥，不過他本來不知道自己是非法移民，直到二次大戰期間等待軍方的徵召時，發現了這段不為人知的始末，這才回頭正式填寫各種所需資料和申請表格。貝婁自抵達芝加哥後就開始學習希伯來文，而希伯來文也成了他一生的志趣之一，不過貝婁坦承，他從小受到芝加哥街頭生活的洗禮，早已徹底美國化，後來不僅曾在芝加哥大學（University of Chicago）就讀，畢業後也長期在母校任職，因此他的許多作品都和芝加哥有不解之緣。

二次大戰期間，貝婁曾在美軍貨船上服務，然而他生平只寫過一部戰爭小說《擺蕩的人》（*Dangling Man*），一九四四年出版，藉由日記的形式，敘述一名青年專心等待入伍，因為首度發現自己的生命是受到強大外力的左右，完全超乎個人的控制，不能也不必由自我負責，頓時感受到一種奇妙的自由，是一本與眾不同的戰爭作品。他的第二部小說《受害者》（*The Victim*）於一九四五年問世，描寫一名住在紐約的猶太律師，因為一樁案件導致了一位非猶太人的朋友遭解雇，被解雇者忿忿不平，開始向猶太律師採取一連串的索賠行動，使生活原就緊繃的猶太律師幾乎面臨精神崩潰！

這兩部小說都被貝婁自己歸為「習作」，不過誠如《紐約客》（*The New Yorker*）雜誌書評人威爾森（Edmund Wilson）所指出的，兩部小說主人翁的性格、聲音和思考模式，都成了貝婁將來作品的人物雛型，而貝婁格外注重人物著墨的寫作特色，從《擺蕩的人》和《受害者》即可見一斑，因此當貝婁在一九五三年更上一層樓，出版了力作《奧吉．瑪琪歷險記》（*The Adventures of Augie March*）時，人物塑造的技巧已使貝婁被公認為美國小說界的重要作家了。

奧吉．瑪琪的樂觀和無所畏懼，使他成為貝婁筆下眾多角色中最受讀者津津樂道的一位，英國小說家艾米斯（Martin Amis）就曾表示，《奧吉．瑪琪歷險記》結束了他對所謂「大美國小說」（great American novel）的搜尋，也就是說，艾米斯認為奧吉．瑪琪已經為「美國夢」（American dream）提供了最佳的詮釋。

攀上高峰

貝婁一生著作甚豐，要從中挑出一部登峰造極之作，不同論者看法各異，不過他在一九五六年發表的中篇小說《抓住這一天》（*Seize the Day*，遠景）無疑備受讚譽，更曾在諾貝爾文學獎評審委員會的推薦辭中被特別點名提及。本書主要描寫一名來自紐約的猶太推銷員如何走向毀滅的過程，和美國戲劇大師亞瑟・米勒（Arthur Miller, 1915-2005）的《推銷員之死》（*Death of a Salesman*）頗有異曲同工之妙。

然而，貝婁自己最心愛的作品卻是他在一九五九年完成的《雨王韓德森》（*Henderson the Rain King*），故事背景建構在貝婁從未履足的非洲，突顯了他對小說創作和想像力的十足把握，而這本充滿了寓言色彩的喜劇小說也是他最暢銷的著作之一，敘述一名美國百萬富翁如何在非洲的土著部落間找到了自己。

其實，貝婁雖然未曾到過非洲，大學時代他卻曾在西北大學（Northwestern University）研讀人類學，所以他對非洲土著部落的文化習俗並非一無所知。他筆下的韓德森雖然在物質上擁有了一切，但在精神層次和性靈生活上卻幾近破產，透過韓德森和幾位非洲部落酋長的互動，讀者看到了一個具有強烈物慾又自戀的現代人如何受到心靈的淨化，進而逐漸蛻變成一個充滿愛心的英雄。

至於他在一九六四年出版的《何索》（*Herzog*：遠景），則顯然是貝婁最出名的小說之一，評價極高，有人甚至認為此乃貝婁最偉大的傑作。《何索》可以說是一部處理中年危機的作品，以幽默、詼諧的手法創造了一個小丑般的都市知識分子，雖是歐洲小說中常見的人物典型，對美國小說而言卻屬罕見。何索過著非常美國化的生活——匆忙的旅程、飛行、車禍、夜生活、不願放棄槍枝但又受到槍械問題的困擾、自欺欺人、欺善怕惡……等等，但貝婁在何索的日常生活中點綴了許多令人驚喜的小人物，竟使何索的平凡人生引領美國小說走進了一個嶄新的天地，很有喬哀思（**James Joyce, 1882-1941**）不朽名著《尤里西斯》（***Ulysses***）的味道！《何索》曾在一九六〇年代《紐約時報》（***The New York Times***）的暢銷書排行榜上蟬連了一年，在約翰．葛里遜（**John Grisham**）和丹．布朗（**Dan Brown**）等快節奏推理小說充斥暢銷書市的今天，很難想像類似何索這種專門喜歡在腦海裡和伏泰爾（**Voltaire, 1694-1778**）及盧梭（**Jean-Jacques Rousseau, 1712-1778**）等大師對話的小說人物，是否仍能引起今日讀者的強烈共鳴？

無可諱言，《何索》和貝婁其他的作品一樣，都帶有很深的自傳性色彩——如同何索一團糟的私生活，貝婁曾經歷過四次失敗的婚姻和無數婚外情，他和子女的關係也不和諧，當他在一九八九年和第五任妻子結婚時，曾因兩人將近半世紀的年齡差距而成為社會新聞，而當他以八十四歲高齡再次當上爸爸時，更曾激發各種媒體的議論紛紛，雖然較為厚道者嘗論這是貝婁旺盛創造力的另一展現，但既然作家的私生活動見觀瞻，讀者也就可以想見貝婁所面臨的是怎樣的一種社會和生活壓力了！

此外，《何索》書中的芝加哥風情，也反映了貝婁本人和芝加哥的關係。自從大學畢業之後，貝婁曾先後在明尼蘇達（University of Minnesota）與普林斯頓（Princeton University）大學任教，但從一九六三年起，貝婁獲得了芝加哥大學的永久聘約，從此芝大的海德公園（Hyde Park）就成了貝婁心目中的文化綠洲，當作家描寫何索如何徘徊於海德公園並沉思於密西根湖畔之際，讀者也很自然可以想像貝婁自己所留下的足跡……。不過何索發現，高等教育對於備受生活困擾的人來說，並不能真的提供很多實質的幫助，此一主題一再重複於貝婁其他的作品中，或許象徵了作家內心深處的吶喊吧?!

如日中天

在一九七〇年問世的《賽姆勒先生的行星》（*Mr. Sammler's Planet*）中，貝婁對生活的迷惘提供了更深刻的描寫。本書背景設於一九六〇年代末期的紐約，賽姆勒先生是一位躲過了納粹摧殘的波蘭猶太人，溫文儒雅又博學多聞，曾與著名的英國科幻小說家威爾斯（H. G. Wells, 1866-1946）有過交誼，但自從來到紐約後，新生活使他產生了無所適從之感，進而開始逃避人群，並將全副心神寄託於對月球的探索上，直到幫助賽姆勒先生逃難到紐約的葛拉納（Gruner）去世時，賽姆勒先生的注意力這才赫然由外太空回到了地球，由無情的物質轉到了有情的人世。總括來說，貝婁藉著賽姆勒先生再次點出了他認為知性生活無力解決人類困頓的無奈。

到了一九七五年，貝婁出版了《洪堡的禮物》（*Humboldt's Gift*），描寫芝加哥作家兼學者希純尼（Charlie Citrine）面臨事業瓶頸，既和前妻法律訴訟不斷，和情婦的關係也糾葛不清，和毒梟之間更發生了重重問題！然而就在這個當口，希純尼聽到了老友洪堡（Von Humboldt Fleisher）客死紐約並留給他一筆遺產的消息……。

如果說希純尼是以貝婁自己為雛型，那麼洪堡就是貝婁的朋友舒瓦茲（Delmore Schwartz）——一個才華洋溢的瘋狂角色，具有自我毀滅的特質，而貝婁無論是在真實人生或者小說世界裡，似乎都對這種介於天才和瘋子之間的人物典型情有獨鍾！《洪堡的禮物》引人入勝處，在於貝婁對洪堡的描繪——誇張、搞笑、充滿感情，但又具有可信度。其實，《洪堡的禮物》原本很容易變成一部喜劇或鬧劇般的小說，不過貝婁之能讓讀者笑中帶淚，進而受到靈魂的洗滌並思考嚴肅的課題，正是他的高超之處。《洪堡的禮物》在翌年摘下美國普立茲獎，貝婁也於同年獲得了諾貝爾文學獎的殊榮。

諾貝爾和普立茲的兩頂桂冠是貝婁事業的巔峰，不過聲望和財富不但為貝婁製造了不少敵人，也使他覺得自己更要寫出擲地有聲的文字，因此一九七六年之後，貝婁的文風丕變，政治觀也開始走向偏激，許多貝婁後期的作品都曾引發不少爭議，例如他在一九七六年完成的非小說文集《耶路撒冷來回》（*To Jerusalem and Back*），及今觀之，似乎呈現了一種對以色列問題一廂情願式的盲目樂觀；他在一九八二年推出的小說《院長的十二月》（*The Dean's December*），假主人翁之口對芝加哥的腐敗和羅馬尼亞的官僚體系施以諸般抨擊；一九八七年的《死於心碎》（*More Die of Heartbreak*），直陳許多現代人將自己今天的過失歸咎於不幸的童年，在他看來只不過是一種搪塞責任的藉口！此外，他對種族歧視、現代科技、政治正確、教育制度，以及其他當代作家的表現……等，也都各有自己的一套看法，支持者或稱不落俗套，反對者或謂充滿偏見，端看你由哪個角度來衡量。

蓋棺論定

雖然我們可以將一九七六年視為貝婁寫作生涯的分水嶺，晚期的貝婁仍不斷有新作出現，即使成績已不再如先前那麼耀眼，大師之作終究不容小覷，除了上述提及的幾本之外，其他還包括一九八七年的短篇小說集《他與他的笨拙》（*Him with His Foot in His Mouth*）、一九八九年的兩本中篇小說《竊案》（*A Theft*）與《貝拉羅莎關聯》（*The Bellarosa Connection*）、一九九一年的《好讓你記得我：三個故事》（*Something to Remember Me by: Three Tales*）、二○○○年的《拉維斯坦》（*Ravelstein*），以及二○○一年出版的《故事集》（*Collected Stories*）等。

其中《拉維斯坦》是貝婁的最後一部創作小說，引起過頗大的迴響，因為本書很明顯地以貝婁好友布倫姆（Allan Bloom）為主角。布倫姆是政治哲學家，生活多采多姿，晚年公開了他是同性戀的事實，《拉維斯坦》中對他的描述充滿了娛樂效果，但最動人心弦的，卻是同性戀的男主角與異性戀的故事敘述者之間那種自然而深厚的情誼，遺憾的是小說情節過於粗疏，使拉維斯坦無法和先前的何索或洪堡等量齊觀。

貝婁小說對於知性生活的質疑以及對精神危機的探索，使某些論者將他與俄國作家杜斯妥也夫斯基（Fyodor Dostoevsky, 1821-1881）相提並論；而他對二十世紀美國小說的貢獻，則使部分論者將他與海明威（Ernest Hemingway, 1899-1961）和福克納（William Faulkner, 1897-1962）並列為美國現代文學的三大巨擘。不過也有人對貝婁是否能像杜斯妥也夫斯基、海明威及福克納等人一樣永垂不朽，暫抱否定的態度，他們認為貝婁的成就相當於另一位美國當代的重要小說家——厄普戴克（John Updike），可惜基於瑜亮情結，貝婁和厄普戴克彼此瞧不起，因此將兩人相提並論大概會令兩位作家都覺得相當不痛快吧?!

無論如何，貝婁對性靈和物質世界的癡迷、對抽象和現實人生的觀照，以及對人性弱點和優點的嬉笑怒罵，豐富了現代小說的肌理，他的文學地位或許尚有待後人的評價，但說他是美國猶太移民二十世紀中期最佳的代言人，相信當不為過。

千面女郎：費・威爾登

我曾在別的地方寫過英國女作家費・威爾登（Fay Weldon），但總覺得意猶未盡，因為每當威爾登的新書問世，文化界總是陣陣漣漪，辯論她的新觀點，因此對我來說，她真像個令我猜不透的千面女郎。

粗略地看，威爾登在某個程度上和多麗斯・萊辛（Doris Lessing）有點兒像，初出道時都曾在「女性主義作家」的旗號下成名，但後來卻又不斷和新一代的女性主義者們打著激烈的筆仗，此外，兩人都有特殊的早年生命經歷，也都因為她們溫婉的說話語氣而予人以一種「文不如其人」的觀感，而她們驚世駭俗的言論也都會一再引發各界爭議。

不過我慢慢發現，比萊辛年輕了十多歲的威爾登其實缺乏萊辛的深度，萊辛之所以點燃戰火，往往是因為她有非常堅定而理想化的政治立場，言論有時相當偏激，卻自有她一貫的邏輯；而威爾登之所以讓人捉摸不定，卻是因為她的想法變化多端，經常自相矛盾，並非由於她有異於常人的遠見所致。——想通了這一點，我頓時感到如釋重負，因為我知道當我無法為威爾登自圓其說時，再也不必為自己的學養不足而自責了！不過我同時也相信沒有「以言廢人」或「以人廢言」的必要，畢竟威爾登確曾對女性主義發表過精闢的見解，而且她的某些小說也有其獨到之處，因此我對威爾登仍然欣賞，只不過既然作家本人對自己並非過度認真，身為讀者的我也就毋須太過嚴肅地面對她的作品和言論。

女魔王的誕生

我最喜歡的威爾登小說是她的成名作——《女魔王的生活與愛情》（*The Life and Loves of a She-Devil*），本書敘述一位庸碌的家庭主婦，平日克盡職責相夫教子，卻飽受家人的輕賤，不料到頭來還是被丈夫拋棄了！於是她到這會兒總算受夠了做「好女人」的折磨，決心搖身一變做個「壞女人」，她燒掉了自己的房子，把一個個不知感恩的孩子送給別人領養，要盡各種手段和心機累聚財富與權力，最後並利用易容手術把自己變成丈夫的情婦，將他玩弄在股掌之間，淪為自己的性俘虜，然後坐享她一生中所渴求的一切。

《女魔王的生活與愛情》於一九八三年問世，當時的女性主義浪潮在英國仍然風起雲湧，書中的部分情節固然離奇得教人匪夷所思，但女主人翁的遭遇和心聲卻有其寫實之處，從而引發了社會各界廣泛的共鳴，而那種以黑色幽默的筆法提倡「唯我獨尊」的處世原則，也成為威爾登作品的重要特色。事實上，她日後的言論之所以不斷招來議論，主要便是在一個女人究竟可以（或者說應該）自私到什麼程度的問題。當早期的婦女一再被社會與家庭教育灌輸著「犧牲」與「奉獻」的美德時，威爾登這種教導女人應該多為自己著想的「新觀念，自然有相當程度的吸引力，但是隨著歲月的增長與社會的變遷，威爾登本人對所謂「自私」的尺度不得不一再調整，然在這個多元化的新世紀裡卻再也找不到適當的平衡點，於是社會各界也開始不斷回頭去質疑這個教人「自私」的根本價值觀。

威爾登出生於一九三一年，母親瑪格麗特（Margaret Jepson）是個小說家，來自英國一個充滿波希米亞（bohemian）氣息的家庭，一家人都很浪漫、不羈、熱愛文學和音樂。瑪格麗特的父親艾德佳（Edgar Jepson, 1863-1938）也是一名小說家，一生共寫了七十三部小說，並且篤信各種星象、羅盤、神鬼之說，雖然威爾登無緣認識祖父，卻顯然遺傳了他的諸多興趣和才華，以及對世俗規範與道德理教的不屑一顧。

艾德佳六十九歲那年不慎讓情婦懷孕，整個家庭頓時變得四分五裂，瑪格麗特也在這時火上加油，不顧家人的反對，執意嫁給惡名昭彰的醫生富蘭克（Frank Birkinshaw），並隨之移民紐西蘭，生下了費的姊姊珍（Jane Birkinshaw），接著又懷上了費，但就在這時候紐西蘭發生了一場大地震，而誹聞不斷的富蘭克竟在此一危急當口全然不顧妻女的生死，獨自逃得無影無蹤！因此瑪格麗特原本想把費命名為富蘭克林．博金蕭（Franklin Birkinshaw），希望藉著讓女兒和父親同名，能夠喚回父親舊時的柔情蜜意，無奈畢竟是春夢了無痕。費在出生後從未見過自己的父親，這份失落感無疑在她的心靈留下了某種創痕，並對她的兩性觀產生了深遠的影響。

一文不名的瑪格麗特回到了英國，獨自撫養兩名幼女，飽受社會歧視的眼光和家人的冷落，她的謀生之道是發表羅曼史小說，同時她也開始偷偷地撰寫對道德和美學的個人心得。費說她記得母親的長篇大論曾經亂哄哄地佔滿了整個飯桌，令她感到煩亂不已，因此當費展開了自己的寫作生涯以後，非常注意整理稿件的秩序，而且偏愛簡潔的文字。

不過話雖這麼說，威爾登顯然還是深愛著母親，在她二〇〇二年出版的自傳《費的自述》（*Auto da Fay*）中，威爾登敘述了小時候曾經如何害怕學校的修女，也曾經遭受過鳥兒的恐怖攻擊，卻從未把這些事情告訴母親，只因為她知道母親當時已經有太多的煩惱，所以她不願意向母親訴苦，增添母親的憂慮，反而為了安慰母親，從小就學會當個乖巧、懂事的女兒，時時扮演開心果，從而塑造了威爾登日後矛盾的性格。於是從這兒，我開始對《女魔王的生活與愛情》一書產生了新的透視，猜想書中的「好女人」極可能是以威爾登的母親做樣板，而「壞女人」則是威爾登另一個自我的變身與幻化？

苦海女神龍

如前所述，威爾登和萊辛有些相似之處，不過萊辛早年輟學，威爾登在學業上則幸運得多，一直念到聖安德魯大學（University of St Andrews）畢業，取得經濟和心理學的學士學位。隨後威爾登搬到了倫敦，懷了第一個孩子，恰如萊辛的第一段婚姻成為她人生的轉捩點以及日後受人詬病的焦點之一，威爾登的第一段婚姻也充滿了陰影——她坦承自己是因為受到金錢的誘惑而決定離開孩子的生父，接受貝特曼（Ronald Bateman）的求婚，怎奈這段婚姻卻將威爾登推入了肉體和心靈的雙重苦海？

貝特曼比費大上二十多歲，是一個教育家，費在自傳中指出，當她嫁給貝特曼的時候，她本以為自己是為了金錢的需求在利用貝特曼，但她後來才發現，原來被利用的竟是自己和兒子！費原本以為貝特曼是基於愛她才會向她求婚，孰料貝特曼對她根本沒有什麼感情，甚至無意和她發生性關係，他之所以希望娶費，是因為當初他正在申請擔任一個學校校長的職位，而對那時候思想仍然非常保守的英國中產階級來說，擁有一個妻、子俱全的「現成家庭」，對他的申請會比單身的身分更有幫助。因此結婚之後，貝特曼如願以償獲得了職位的升遷，可是他並不想和費做正常的夫妻，寧可在倫敦著名的蘇活區（Soho）秘密地幫妻子拉皮條，而當她後來無法繼續隱忍，辭掉了在上空俱樂部的工作時，貝特曼最耿耿於懷的，竟是白白幫妻子買了昂貴的工作行頭！

對費來說，這是不堪回首的惡夢一場，因此在她的自我告白裡，她的敘述觀點忽然從原先的第一人稱轉變成第三人稱，彷彿訴說的是別人的故事，或者是虛擬的小說情節，而這種言說上的疏離感，不僅是她解決問題和自我探尋的手段之一，也成為其小說作品的魅力所在。

痛苦的費開始逐日增重（使她成為了自己第一部小說的人物雛形），最後總算帶著兒子逃離貝特曼，並在一九六二年嫁給藝術家兼骨董商容恩·威爾登（Ron Weldon），從此採用威爾登的姓氏至今（萊辛採用的也是第二任丈夫的姓氏）。費和容恩隨後另育有三子，在這段期間，她經歷了中年危機，並在痛定思痛後，決心放棄絢麗的廣告生涯，開始嘗試寫作，只是她和容恩之間表面上看來雖是一對恩愛夫妻，畢竟還是有不協調的地方，其中最明顯的差異，是容恩喜愛鄉居的恬靜，但費卻對農莊生活感到難以忍受——這使我聯想到二〇〇三年間備受好評的電影《時時刻刻》（*The Hours*：希代），女主角吳爾芙（Virginia Woolf）厭倦了寧謐的鄉間，為了亟欲回到倫敦而和丈夫在火車站爭吵的一幕，是否在某個方面也有如費和容恩的寫照呢？——無論如何，費和容恩之間的裂痕最後顯然到了無法彌補的地步，因此結婚三十多年之後，終於在一九九四年走上了離婚的不歸路，只不過巧合的是，容恩竟然在離婚協議書抵達的當天去世了！讓費的第二段婚姻結束得非常徹底。

費．威爾登的現任丈夫是詩人尼克．福克斯（Nick Fox），兩人住在倫敦郊區，據費自己的說法，生活幸福美滿，同時她回顧自己的一生，倒也不以「坎坷」論，並認為最重要的是她始終保持了快樂的本性。

自從她的第一部小說《胖女人的玩笑》（*The Fat Woman's Joke*）於一九六七年問世以來，費．威爾登迄今已出版了二、三十部長、短篇小說，擅長以悲喜劇的風格處理女人和自己、和父母、和男人、和子女以及和其他女人的複雜關係。此外，威爾登也改編、創作了無數電視和廣播劇，並有各種評論文字散見英美各大報章雜誌，創作量相當豐饒。

由於她對女性議題的關切，尤其是對同工同酬的熱切呼籲，使威爾登在一九六〇年代末期成為英國婦女解放運動的健將，論者嘗謂威爾登鼓勵女人「使壞」的小說，在一九六〇、一九七〇和一九八〇年代間成為改造兩性平衡的動力之一。不過誠如稍早提及的，今天的威爾登開始對女性主義的觀點提出了諸多修正，有些言之成理，但有些卻自相矛盾，其中比較重要的，是她認為現代人埋首事業，可是許多所謂的「事業」不過是坐在辦公桌前忙些對他人與社會毫無貢獻的事，因此她對現代人追求事業的野心感到狐疑。此外，威爾登認為大部分的現代職業婦女其實都只有工作，並沒有事業，只不過是被老闆和雇主以「事業階梯」的表象給矇騙住了，才會汲汲營營地工作以求升遷，到頭來不過是成為幫大企業賺錢的工具而已！換句話說，威爾登認為在兩性革命的過程中，資本主義趁虛而入，挾持了女性主義的利益目標，造成兩大病徵：第一、現代社會以為新世代的女人一定要有事業才擁有社會地位，但這毋寧是一種刻意的誤解；第二、大量的女性進入職場和男人競爭工作，因此資本家得以將薪水階層的收入一律壓低，使一份平常的薪水變得越來越難養家活口，雙薪逐漸變成生活上的必要而非像過去只是一種概念的問題。再者，她自承是屬於女性主義的舊學派，強調新一代的女性主義者從不曾認真討論過「母職」的問題，進而奉告女人，尤其是事業心強的女性，必須對扛起「母親」的角色三思而後行。

她比較受人抨擊的觀點中，有些呼應了萊辛對新男人的同情，例如她認為步入一九九〇年代之後，女性主義刻意打擊男性的自尊，使新世代的男人處於兩難的處境，並於一九九八年發表的小說選集《父親難為》（*A Hard Time to be a*

Father）和二〇〇四年的小說《男人陷阱》（*Mantrapped*）中，探討今天的男性所遭受的不公平待遇，公開成為爭取「男性權利」的代言人。不過威爾登還有很多未經深思熟慮的奇思妙想，乍聽之下頗有娛樂效果，可是好為人師的她卻喜歡在新書裡鼓吹自己標新立異的見地，並勸人依計行事，例如她在二〇〇六年的論文集《讓女人快樂的事》（*What Makes Women Happy*）書中，便直言告訴女性讀者偶爾讓自己出軌有何妨？只要事後能讓罪惡感洗滌心靈，並決心不再犯第二次，特別是不能和同一個對象發生第二次的出軌，那就不是壞事——不僅謬誤連連，也充滿了雙重標準，令人莫衷一是；此外她並在書中為色情刊物與色情電影大做辯護，認為對女性權益沒有妨礙，難怪英國文化界和女性主義者紛紛撰文加以駁斥！

威爾登在二〇〇七年出版的小說是《蒂卡莫龍溫泉旅館》（*The Spa Decameron*），風評不錯，故事背景設於一個專屬女性的高級溫泉旅館中，由於各種巧合，一批形形色色的現代女性暫時被困在這家旅館內，雖然物質上的享受不虞匱乏，卻無法與外界連絡，因此這群女人決定一一講個故事或說說自己的生平際遇以便自娛娛人，充滿了中古世紀喬叟（Geoffrey Chaucer, c. 1343-1400）《坎特伯里故事集》（*The Canterbury Tales*）的風情，而十四世紀喬叟筆下的女人基於時代的限制，只能擁有妻子、修女或女僕……等身分，二十一世紀的威爾登則創造了演說家、心理分析師和法官……之流，不過其中不少女角的特色還是必須仰賴外在因素的界定，例如「牧師的前妻」，永遠無法逃避自己的過去；「電視編劇」忘記了怎樣過真實而無戲劇性的人生；「花瓶妻子」茫然不知如何改變自己依賴的本性……。

《蒂卡莫龍溫泉旅館》的結構使書中每段故事都能各自獨立，也讓擅長書寫女人的威爾登得以藉機塑造各種出人意表的女性角色，對於不熟悉威爾登的讀者來說，稱得上是一部妙趣橫生的入門作品，可是對威爾登的老讀者來說，卻會發現其中的人物與情節和威爾登過去陸續發表的短篇小說有著太多的重複，而這正是本書最遭人詬病之處。

想到威爾登曾在論文集裡痛斥資本主義對女性勞力的掠奪，但她本人卻允許出版社將自己混炒了冷飯的小說以新書的姿態在市面上高價出售，助長資本主義對讀者的剝削，豈非言行不符？不過說穿了，威爾登正是這樣一位矛盾夏娃，她的作品具有高度的娛樂性，但不應該被誤解成具有教育性，如果能從這樣的角度來閱讀威爾登的話，或許心理上就不會有太大的負擔了。

理性與感性：大衛・洛奇

大學之道在於追求真理，因此學術無價。然而學術研究和專業的實踐卻往往有很大的差距，因此政治學者不見得能夠從政，戲劇評論家也鮮少能夠在紐約百老匯（Broadway）或倫敦西區（West End）導得出好戲碼。事實上，英國人對學術和專業的區分簡直過猶不及，學術界和其他各行各業幾乎都是井水不犯河水，以致著名的牛津大學（University of Oxford）文學教授艾瑞斯・梅鐸（Irish Murdoch, 1919-1999），當年如日中天之際雖曾寫出了不少暢銷小說，其中《大海，大海》（*The Sea, The Sea*：木馬）甚至曾獲頒一九七八年的布克獎，但她牛津的同事們卻泰半對她寫小說的「雕蟲小技」嗤之以鼻，只願談論梅鐸在文學研究方面的學術成績。

這種情況屢見不鮮，雖然近年來拜學術整合及各類跨領域研究之賜，英國學術圈已逐漸走出了昔日高高在上的象牙塔，但整體而言，像大衛・洛奇（David Lodge）這種理性與感性兼具，既保持學養又保持靈感，並且在世期間便同時於學術界和小說圈都備受敬重的人物，終究還是特例。

我第一次注意到大衛・洛奇，是因為我和諾丁漢大學（University of Nottingham）美國文學系的一位博士研究生的交誼，她對洛奇的仰慕使我對這位學院小說家產生了很大的好奇。因為洛奇有不少小說以大學校園為主，我首先當然想到了年輕時令我醉心不已的鹿橋的《未央歌》，不過這個聯想當然並不恰當，畢竟《未央歌》的時代背景過於特殊，對於今天無論是中國、台灣或香港的大學生活都已失去了普同性，更何況是異國校園，加上《未央歌》旨在從大學生的角度出發，而洛奇的人物卻多屬教職員的階層；接著我又將洛奇和旅美華裔作家於梨華做了類比，不過於梨華的校園小說講的多是在美國學府力求升遷的華裔學者，汲汲營營的苦情中帶有一些邊緣人娛樂自嘲的色彩，相較之下，洛奇所關注的是主流英國學術界，行文間固然也有自我諷刺的味道，但筆觸活潑、輕鬆且風趣，於是細想之下我的腦海裡忽然閃進了一個更加貼切的身影——亦即以《幸運吉姆》（*Lucky Jim*）風靡了一九五〇年代英國讀者的金斯利・艾米斯（Kingsley Amis, 1922-1995）！後來發現果不其然，一般文評家確實經常把洛奇和艾米斯的作品互做比較。

宗教背景

洛奇在一九三五年一月二十八日出生於倫敦南部，母親是虔誠的羅馬天主教徒，他在成長期間念的是由天主教主持的教會學校，後來他的妻子也同樣信奉天主教，因此洛奇對宗教長久的浸淫與思考，日後也成了他文學創作的重要泉源。舉例來說，他一九六〇年出版的處女作《電影觀眾》（*Picturegoers*），便是以倫敦南部的一個天主教家庭為背景，描述他們的女兒如何吸引了大學生房客的注意；一九六五年的幽默小說《大英博物館在倒塌》（*British Museum is Falling Down*），描寫一位窮苦的天主教研究生每天在大英博物館閱覽室寫論文，因為擔心妻子懷孕而焦慮過了頭，有一天忽然一頭栽進和許多現代小說情節雷同的冒險，論者嘗謂很有喬哀思（James Joyce, 1882-1941）《尤里西斯》（*Ulysses*）的味道；至於一九八〇年的《你能走多遠》（*How Far Can You Go?*），以及一九九一年的《天堂消息》（*Paradise News*），則處理了第二次世界大戰之後，尤其是一九六〇年代期間，天主教刻板信條與世俗道德倫理間的諸般矛盾，其中

《你能走多遠》並曾榮獲惠特比文學獎年度代表作（Whitbread Book of the Year）的殊榮。

一九五二年，洛奇進入倫敦大學（University of London）攻讀英國文學，一九五五年畢業之後應召入伍，當了兩年的英國大兵，為他一九六二年出版的第二部小說《瘋狂紅頭髮》（*Ginger, You're Barmy*）提供了最佳素材。退伍後的洛奇回到倫敦大學繼續研習文學，論文題目是「天主教小說」，由此再度顯現宗教於他心目中所佔據的份量，而這些研究心得後來也都出現在他一九六六年有關葛雷姆・葛林（Graham Greene, 1904-1991）及一九七一年關於伊夫林・沃（Evelyn Waugh, 1903-1966）的專門論述中。葛林與沃都是英國二十世紀重要的小說家，因為他們強烈的宗教信仰而被部分論者歸類為天主教作家。

打從一九六〇年起，洛奇開始在伯明罕大學（University of Birmingham）英文系教書，以研究小說理論和寫作技巧馳名，一九七六年榮升教授，一九八七年提早退休，以便專心從事寫作。換句話說，雖然洛奇在伯明罕二十七年的歲月裡，曾經遊走於學界和文壇之間，但是到頭來還是決定二擇其一，讓感性的一面大獲全勝，走上了全職創作的道路。

校園生涯

在伯明罕任職期間，洛奇曾經兩度到美國擔任客座，我個人認為這是學術生涯最令人艷羨的地方之一——不僅能夠讀萬卷書，工作上也有相當的彈性、機緣和時間讓你走萬里路！

洛奇先於一九六四年至一九六五年間抵達美國東岸的布朗大學（Brown University），隨後又在一九六九年去了西岸的加州柏克萊大學（University of California, Berkeley）。他認為：「一九六〇年代期間，美國小說的形式比英國小說更富有實驗性和冒險精神，不過時至今日，情勢已經出現了逆轉。」他在美國的生活經驗，對他的文學創作和思考架構都產生了深遠的影響，他說：「二次大戰之後來到美國的英國人，越來越多是到美國來尋找自己！」洛奇自己也不例外，而他尋覓的結果終於交織出了他最著名的校園小說三部曲。

無可諱言，英國的現代校園小說絕非洛奇的發明，早在一九五〇年代期間，洛奇自己便是艾米斯所著《幸運吉姆》和布萊德柏里（Malcolm Bradbury, 1932-2000）所著《吃人不對》（*Eating People is Wrong*）的忠實讀者，他後來和布萊德柏里更結成了莫逆之交，而就校園小說的類型觀之，艾米斯和布萊德柏里最重要的貢獻，便是打破了牛津和劍橋（University of Cambridge）在英國的學術霸權，讓英國社會各界忽然注意到了除了牛、劍之外，還有一片新大學燦爛耀眼、朝氣蓬勃的藍天！洛奇的校園小說則算是繼承了艾米斯和布萊德柏里的傳統。

對一九五〇年代英國校園小說的喜愛和一九六〇年代在美國校園生活的經驗，使洛奇在一番醞釀之後，首先於一九七五年推出了《換位》（*Changing Places*），繼之以一九八四年的《小世界》（*Small World*）發揚光大，最後以一九八八年的《好作品》（*Nice Work*）總而其成。在這三部曲中他捏造了一個雷明居大學（University of Rummidge），表面上雖然子虛烏有，但明眼人都知道其實就是伯明罕大學！另外他也創造了兩個角色，都是英語文學教授，其中庸碌保守的史瓦洛（Phillip Swallow）來自英國，自命不凡的查波（Morris Zapp）則來自美國，因為加入交流計畫而互換了他們的工作環境、政治立場、生活方式，最後甚至交換了他們的婚姻伴侶！這種角色對調的設計，在《好作品》中更擴及於學院和專業的「換位」過程，描述工業家維克斯（Vic Wilcox）和女博士潘羅絲（Robyn Penrose）錯綜複雜又令人啼笑皆非的互動。其中《小世界》和《好作品》都曾入圍布克獎決選名單，只可惜功敗垂成。

行文至此，讀者可能都已發現，洛奇的小說往往和他的親身體驗具有相當密切的關聯，不過洛奇並不願正面承認小說題材全部來自他的生活經歷，只用障眼法的方式說明：「小說家複製經驗，希望讀者能夠進入他所製造的那個虛幻世界，可是讀者們通常都更願意相信在那層幻覺的背後，一定具有某種真實性，因此小說家只好千方百計地掩飾靈感背後確切的信息來源，以至於小說和生活之間的界線變得益趨模糊，結果當小說完成之後，有時候連小說家自己都分不清楚何者為真、何者為假了。」

不過即使我們無法完全辨識真假，《電影觀眾》裡的天主教家庭和《瘋狂紅頭髮》裡的英國大兵，在某個程度上，相信都有洛奇本人的隱射才對，尤其是《大英博物館在倒塌》裡的小夫婦，更顯然是洛奇二十多歲時的身影——書中男主角亞當（Adam Appleby）是位已經養有三個小孩的年輕父親，正掙扎著要完成一部有關英國天主教小說的論文。可惜書中的亞當並不知道有一位洛奇教授在成為三個小孩的父親之前，早就繳交過這麼一本同名論文了，要不然從圖書館裡找來參考一下，不知可節省多少時間？

在洛奇所撰寫的校園小說三部曲當中，我們看到了小講師史瓦洛如何逐年晉升到了教授和系主任的職位，這段期間同時也反映了英國大學校園文化的微妙變遷，學術圈一步步走向了行政、教學、研究工作三足鼎立的制度，同時在柴契爾政府大幅削減高等教育經費的政策之下，史瓦洛日復一日被益形繁重的行政工作壓得喘不過氣來，甚至開始逐漸喪失聽力……。有趣的是，當洛奇在一九八七年宣布由伯明罕大學退休之際，他舉出的幾個理由便是：「我開始患有重聽，因此教學變得越來越困難，而且在柴契爾政府的教育政策之下，我覺得大學生活的品質已經變得越來越差。」可見除了兩人都有到美國客座的經驗之外，史瓦洛和洛奇本人之間實有許多相似之處呢！

不過由此我們同時也可以了解，為什麼當讀者過分當真地把洛奇小說裡的自傳色彩完全看成是作者生命的盡情告白時，洛奇會感到渾身不自在了！洛奇指出，有一回當他到美國促銷新書時，便曾有記者問他，他小說裡所描寫的各種婚外情，是不是都是作者本人的真實經驗？這類問題迫使他一方面格外鄭重聲明，他對自己的太太完全忠實，絕無出軌，另一方面也讓他更加謹慎地處理「公眾生活」和「私人生活」之間的微妙分野。

其實，與其相信洛奇小說的自傳色彩全然是作者行為的反映，不如看成是他心路歷程的再現。正如美國文學教授包爾斯（Richard Powers）所說的：「思想意念是洛奇小說裡沒有名字的重要角色。」而這些思想意念除了是作者對人情世故、社會時事，尤其是文學評論及宗教的看法之外，也包括了各種他在小說創作方面的理論實踐，因此我們發現洛奇的每部小說都有一個他所關心的「主題」存在，例如一九八〇年代，英國工廠紛紛倒閉的期間適逢女性研究興起，使他在《好作品》中創造了維克斯和潘羅絲這兩個角色；又如一九九〇年代有關意識科學和哲學辯論甚囂塵上，從而刺激他寫出了《想……》（*Thinks...*）這部小說。

旅居南非的華裔作家愷蒂曾經指出，洛奇的小說創作與理論研究歷來同步進行，通常是小說創作和理論研究交叉出版。誠然，繼《大英博物館在倒塌》之後，洛奇在一九六六年完成了《小說的語言》（*Language of Fiction*），而本書至今仍被視為洛奇最重要的理論作品；繼一九七〇年的小說《走出掩體》（*Out of the Shelter*）之後，他在隔年也推出了學術研究《十字路口小說家》（*The Nov-*

elist at the Crossroads）；小說《換位》之後有一九七七年《現代創作方式》（*The Modes of Modern Writing*）的探討；虛構的《你能走多遠》之後有一九八一年的《與結構主義合作》（*Working with Structuralism*）；《小世界》的創作之後有一九八六年《寫作》（*Write On*）的論述；《好作品》之後有一九九〇年《巴赫金之後》（*After Bakhtin*）的分析；《天堂消息》之後有一九九二年《小說藝術》（*The Art of Fiction*）的沉思；一九九五年的小說《心理輔導》（*Therapy*）之後有一九九七年的《寫作練習》（*The Practice of Writing*）；二〇〇一年的小說《想……》出版之後，則又有二〇〇二年《意識和小說》（*Consciousness and the Novel*）的論述發表……，創作量簡直源源不絕。

值得注意的是，洛奇的理論分析很少空談，不僅拿自己的小說開刀，用來做為文學評論的實證素材，也經常以自己的小說為實驗品，實踐他所研究的文學理論。因此評論家史密斯（Jules Smith）認為，洛奇的小說多半是努力研究後的結果，大部分的背景都是設在刻意營造的環境之下，使情節的鋪陳有時難免落入預期之中，而且小說人物不過是洛奇虛擬化的代言人，藉以發揮作者的議論，但難能可貴之處在於不落俗套，無論是作者本人的見地，或者是小說主題和技巧間的過招套用，都能令人耳目一新，其幽默感更是經常教人忍不住笑出聲來！

離開伯明罕大學之後，洛奇開始嘗試更廣泛的創作路線，先後已將《小世界》和《好作品》改編成電視劇本，頗受好評，此外他也開始撰寫舞台劇本，包括一九九〇年的《寫作遊戲》（*The Writing Game*），以及一九九八年的《真相》（*Home Truths*），其中《寫作遊戲》曾在大西洋兩岸巡迴演出，《真相》則在一九九九年改寫成了中篇小說問世。

洛奇在二〇〇四年出版了備受讚譽的小說《作者，作者》（*Author, Author*），以美國小說家亨利．詹姆斯（Henry James, 1843-1916）臨終前的一幕做為開場，但隨即倒敘到一八八〇年代，以詹姆斯在那段期間所面臨的創作瓶頸做為故事的主軸。巧合的是，二〇〇四年的英國文壇不知為什麼忽然吹起了一股亨利．詹姆斯熱，除了洛奇之外，愛爾蘭著名的同志作家托賓（Colm Toibin），也以傳記小說《大師》（*The Master*；天培）將詹姆斯步入中年以後渴望孤獨但又害怕寂寞的心聲刻畫得入木三分，而霍林赫斯特（Alan Hollinghurst）摘下二〇〇四年曼布克獎桂冠的《美的線條》（*The Line of Beauty*；商周），小說敘述者恰巧也正在撰寫有關亨利．詹姆斯的博士論文！這個現象當然是本文的題外話，或許留待他日再做探討吧。

2

文學獎的背後

柑橘獎VS.曼布克獎

成立於一九六八年的布克獎，向來是英國文壇最權威、最具代表性的文學獎，不僅對文學ㄧ創作及全球閱讀風向具有指標性的作用，布克獎對文學市場也有絕對的影響力，得獎作品往往洛陽紙貴，連入圍作品的銷量也一路攀升。

布克獎對當代英文小說的影響毋庸置疑，但近年來，專門評選女作家小說的柑橘獎，卻有並駕齊驅之勢。過去十年間，柑橘小說獎日益受到重視，曾有批評者指出，（曼）布克獎在嚴厲的挑戰之下腳步倉皇，已呈現出過於迎合市場的趨勢。柑橘小說獎和（曼）布克獎的互爭雄長，成了這幾年來文化觀察者最關注的議題之一。

柑橘小說獎異軍突起

柑橘小說獎自一九九六年創設以來就鋒芒畢露，而且直到二〇〇二年以前，也是不列顛給獎金額最高的文學獎項，獎金高達三萬英鎊（以二〇一〇年三月的匯率約為五十元左右），在鉅額獎金和女性評審團的強力造勢之下，短短幾年間已和英國文學界行之有年的惠特比文學獎及布克獎形成三足鼎立的局面。

柑橘獎的異軍突起讓布克獎及惠特比獎備感威脅，因此布克獎在二〇〇二年由曼集團接手改名為「曼布克獎」之後，第一件事就是把獎金從原先的兩萬英鎊提高到五萬英鎊，搶回了文壇盟主的頭銜；至於惠特比文學獎則逐年式微，一直到新的金主出現，才在二〇〇七年初改名為「科斯達文學獎」，並強調年度代表作的得獎額度為三萬英鎊，與柑橘獎等量齊觀。只不過科斯達文學獎是以「從頭開始」的姿態出發，不像曼布克獎是把原來的基礎發揚光大，所以科斯達文學獎是否能夠反敗為勝，恐怕還需要未來幾年的持續觀察。

其實柑橘獎的成立，基本上就是衝著一九九〇年代初期的布克獎和惠特比獎而來！因為一九九一年的布克決選名單中連一位女作家都沒有，而在一九九二年的惠特比榜單裡雖有羅伯茲（Michelle Roberts）和阿特金森（Kate Atkinson）兩位女寫手，但媒體的焦點卻不在她們的作品，而在她們的性別！此一現象引起了女性主義作家摩斯（Kate Mosse）的覺醒，她認為要把性別的歧見排除於文學之外，最好的方式是根本排除性別的問題，從而倡議成立一個專門鼓勵女作家的文學獎項。

摩斯的看法固然激發了反彈，也吸引了共鳴，尤其每年在英國出版的小說當中，七成以上都來自女作家手筆，可是報章上的書評卻多為男作者的天下！這種明顯的不均衡使多位出版商、經紀人和新聞記者對摩斯熱切響應，而且基於文學獎通常都能對書籍的販售產生正面影響，他們相信這樣一個別出心裁的文學獎不僅將能促進女小說家的銷量，也能提高她們的曝光率，彌補媒體的失調現象。

正因為立場鮮明且立論有據，使柑橘獎正式成立後各大媒體皆不敢小覷，迅速造成風潮，從而成功地將許多原先受到埋沒的女作家和作品推上了國際舞台（請參見表一），例如一九九七年的得主安・麥可士（Anne Michaels）花了十年時間完成《漂流手記》（*Fugitive Pieces*），但出版後只售出一千本，而且連一篇書評也未見報！柑橘獎的肯定使本書搖身一變成為暢銷書，迄今在全球已售出

表一：柑橘獎歷屆得主（1996-2009）

年度	書名	作者
1996	《冬天的咒語》（*A Spell of Winter*）	丹摩爾（Helen Dunmore）
1997	《漂流手記》（*Fugitive Pieces*）	麥可士（Anne Michaels）
1998	《拉瑞的舞會》（*Larry's Party*）	席爾德（Carol Shields）
1999	《瑪莎的秘密筆記》（*A Crime in the Neighbourhood*，皇冠）	伯恩（Suzanne Berne）
2000	《當我住在摩登時代》（*When I Lived in Modern Times*）	格蘭特（Linda Grant）
2001	《完美的概念》（*The Idea of Perfection*）	葛倫維爾（Kate Grenville）
2002	《美聲俘虜》（*Bel Canto*，先覺）	帕契特（Ann Patchett）
2003	《財產》（*Property*）	瑪丁（Valerie Martin）
2004	《小島》（*Small Island*，麥田）	勒維（Andrea Levy）
2005	《凱文怎麼了？》（*We Need to Talk about Kevin*，台灣商務）	絲薇佛（Lionel Shriver）
2006	《論美》（*On Beauty*）	史密斯（Zadie Smith）
2007	《半個黃太陽》（*Half of a Yellow Sun*）	阿蒂雀（Chimamanda Ngozi Adichie）
2008	《歸鄉路》（*The Road Home*，商周）	崔梅（Rose Tremain）
2009	《家》（*Home*）	羅賓遜（Marilynne Robinson）

一五〇〇萬冊；二〇〇三年的瑪丁（Valerie Martin）以抨擊黑奴制度為主題的《財產》（*Property*）奪魁，瑪丁寫作已久但始終沒沒無聞，她在柑橘獎的封后受到了法國出版界的注意，進而在法國也獲得了大獎；再如二〇〇五年的絲薇佛（Lionel Shriver），同樣是勤墾筆耕而無人聞問的專業小說家，《凱文怎麼了？》（*We Need to Talk about Kevin*：台灣商務）曾遭三十家出版社退稿，最後總算獲得小型獨立出版社 Serpent's Tail 的青睞，這本「校園槍殺小說」得獎之後使絲薇佛立即變得炙手可熱。

至於二〇〇四年得獎的《小島》（*Small Island*：麥田），一般咸認是近兩年來最叫好又叫座的小說之一，以幽默而感人的筆觸講述第二次世界大戰之後倫敦如何調適種族及文化融合的過程，得獎無數，但因柑橘獎是本書獲得的第一個大獎，乃使柑橘獎予人以推波助瀾的印象！此外，二〇〇七年柑橘獎比較熱門的話題，是決選名單中以新秀作家的首部小說佔多數，其中包括郭小櫓的《戀人版中英詞典》（*A Concise Chinese-English Dictionary for Lovers*：大塊），小說女主角透過半生不熟的英文探索中英文化和語言、思想的差異，成為第一個入圍柑橘獎的中國女小說家，引起華語媒體圈和文化界的高度重視。

不過獎項最後的結果頒給了奈及利亞的阿蒂雀（Chimamanda Ngozi Adichie），

《半個黃太陽》（*Half of a Yellow Sun*）是她極具野心的第二部小說，背景設於一九六〇年代奈及利亞內戰期間，故事的前三分之一相當具有「奧斯汀」（Jane Austen, 1775-1817）色彩，小說人物一個個悠閒出場，墜入愛河，聚會、吃飯、聊天……，讀者在輕鬆的氛圍中見識了奈及利亞市民社會的風情，雖然「革命」和「政治」都是知識分子茶餘飯後熱烈討論的話題，但恰如書中男女主角自以為人生基調已定一般，讀者也陷入了一種錯誤的安全感，以為本書不會離開這樣的鋪陳太遠。

孰料這只是暴風雨來臨前的寧靜——革命平地而起，整個社會突然被撕裂成兩半，五十多萬人在十年之間被殘酷屠殺，先前溫文儒雅、幽默風趣的人物變成了受害者或加害人，而讀者從這些原本已如朋友般的人物眼光去檢驗內戰的始末，更增添了悲劇的重量與力度，難怪本書雖然面對了其他決選作品的嚴厲挑戰，評審團和讀者票選都還是把箭頭指向了《半個黃太陽》。

雖然郭小櫓敗北，《戀人版中英詞典》在媒體上一直很受矚目，《獨立報》（*The Independent*）還將郭小櫓選為二〇〇七年的英國文壇新秀，對首次以英文寫作的小說家而言，無疑難能可貴！尤有甚者，同一期間英國市場上也開始出現了其他中國女作家發表的英文小說，且頗受好評，例如吳凡的《二月花》（*February Flowers*）及嚴歌苓的《赴宴者》（*The Banquet Bug*，英國版書名為 *The Uninvited*：三民）等，此一現象也見證了柑橘獎具有開風氣之先的見識與胸襟，而這正是一個文學獎是否具有領導地位的標竿。

曼布克獎穩紮穩打

相較於柑橘獎重要性的扶搖直上，曼布克獎是否真的就陣腳大亂呢？倒也不盡然，問題在於任何文學獎都難免有爭議，值得探討的是這些爭議對文壇造成什麼影響？是否挑戰某些既成的偏見？又是否使文學獎本身不斷思考未來的走向？

從柑橘獎成立到曼布克獎更名之前的五年間，比較受到質疑的布克獎得主，很巧合的都跟英國的當紅作家麥克伊溫（Ian McEwan，或譯麥克尤恩）有關：一九九八年麥克伊溫的《阿姆斯特丹》（*Amsterdam*：商周）得獎，但一般認為《阿姆斯特丹》既非當年最出色的小說，也非麥克伊溫本人最傑出的作品，因此麥氏得獎使布克獎遭媚俗之嫌；二〇〇一年彼得．凱瑞（Peter Carey）的《凱利幫》（*True History of the Kelly Gang*：皇冠）與麥克伊溫的《贖罪》（*Atonement*：

正中、大田）同時上榜，《贖罪》不僅是當年坊間最暢銷的作品，打動了無數讀者，迄今更幾乎已被視為麥克伊溫的代表作，可是當時的布克獎卻頒給了凱瑞，抨擊者指出那是布克獎因膽怯而做的妥協，不敢在短期間內為同一作者二度加冠。

上述非議並非無的放矢，不過曼布克獎卻也未因此而喪失自信，在二〇〇二年擴大規模之後，除了將獎金提高了一倍半，也宣佈自二〇〇五年起，除了一年一屆的曼布克獎之外，還籌設一個每兩年一度的曼布克國際文學獎，開放給全世界以英文發表小說的當代作家參賽，包括各種英文翻譯的小說在內，得獎人可獨得六萬英鎊的獎金，顯示了主辦單位邁向全球英語小說市場的決心。曼布克國際文學獎迄今辦過兩屆，分別在二〇〇五年由阿爾巴尼亞的卡德雷（**Ismail Kadaré**）及二〇〇七年由奈及利亞的阿薛畢（**Chinua Achebe**）獲獎。

在此一全球化的野心之下，曼布克獎曾揚言要向「三P小說」正式宣戰，以期突顯「世代交替」的精神。所謂三P小說指的是「華而不實（**pompous**）、預示恫嚇（**portentous**）、自命不凡（**pretentious**）」的大部頭作品，也就是傳統認為最具「布克冠軍相」的「嚴肅」文學。二〇〇二年的魔幻寫實小說《少年 **Pi** 的奇幻漂流》（*Life of Pi*，皇冠）、二〇〇三年的「校園槍殺小說」鼻祖兼諷刺小說《維農少年》（*Vernon God Little*：天培），以及二〇〇四年的同志暨政治小說《美的線條》（*The Line of Beauty*：商周），走的都不是孤芳自賞的路線，而具有親和力的基調，換句話說，當論者批評曼布克獎迎合市場品味的同時，其實曼布克獎的願景之一，似乎本就是要尋找「高蹈」與「大眾化」之間的平衡點。

從二〇〇五年起至今，每年曼布克獎的公佈還是會激起陣陣漣漪，但這兩年的議論焦點和前幾年恰又反其道而行，例如二〇〇五年的初選名單就已先讓媒體錯愕不已，紛紛為麥克伊溫的《星期六》（*Saturday*：天培）、柯慈（J. M. Coetzee）的《緩慢的人》（*Slow Man*：天培），以及魯西迪（Salman Rushdie）的《小丑沙利馬》（*Shalimar the Clown*）名落孫山而抱屈。而當年最後由愛爾蘭小說家班維爾（John Banville）的《大海》（*The Sea*：印刻）獲獎，也讓觀察家大感訝異：連續幾年由故事性極強的作品封王，怎麼到了《大海》又恢復了「純文學」的風格？（請參見表二）

二〇〇七年的柑橘獎曾引發「新人VS.老將」的議論，而曼布克獎則將焦點放在資深而未揚名的作家身上，相當令人耳目一新，榜單上唯一享有盛名的文壇老將又是麥克伊溫，這次以《卻西爾海灘》（*On Chesil Beach*：商周）上榜，頒獎之前曾被視為得獎呼聲最高的角逐者，反映在市場上，《卻西爾海灘》自入

表二：曼布克獎得獎作品（1997-2009）

年度	書名	作者
1997	《微物之神》 （*The God* of Small Things：天下）	洛伊（Arundhati Roy）
1998	《阿姆斯特丹》（*Amsterdam*：商周）	麥克伊溫（Ian McEwan）
1999	《屈辱》（*Disgrace*：天下）	柯慈（J. M. Coetzee）
2000	《盲眼刺客》（The Blind Assassin：天培）	愛特伍（Margaret Atwood）
2001	《凱利幫》 （*True History of the Kelly Gang*：皇冠）	凱瑞（Peter Carey）
2002	《少年Pi的奇幻漂流》（*Life of Pi*：皇冠）	馬泰爾（Yann Martel）
2003	《維農少年》（*Vernon God Little*：天培）	皮耶（D. B. C. Pierre）
2004	《美的線條》（*The Line of Beauty*：商周）	霍林赫斯特（Alan Hollinghurst）
2005	《大海》（The Sea：印刻）	班維爾（John Banville）
2006	《繼承失落的人》 （*The Inheritance of Loss*：遠流）	德賽（Kiran Desai）
2007	《聚會》（*The Gathering*）	恩萊特（Anne Enright）
2008	《白老虎》（*The White Tiger*：商周）	雅迪嘉（Aravind Adiga）
2009	《狼廳》（*Wolf Hall*）	曼特爾（Hilary Mantel）

圍曼布克獎即已在英國境內售出十二萬部以上！相形之下，愛爾蘭女作家恩萊特（Ann Enright）的家庭史詩小說《聚會》（*The Gathering*）則只賣出三千二百多本，非常不起眼，難怪本書最後的奪標會讓專家感到意外，但經過一番仔細斟酌，許多觀察家終於承認，獎落恩萊特其實是曼布克委員良知的抉擇。

《聚會》講的是一個愛爾蘭家庭的辛酸史，故事敘述者是一個三十多歲、生活富裕的賢妻良母，有十二個兄弟姊妹，當她最親近的弟弟自殺喪生後，女主角把弟弟的屍體從英格蘭帶回老家，藉著家人們再度聚首的契機，試圖探索各種小時候一知半解又不敢詢問的謎團，從而揭開了幾代的家族秘辛。評審團主席戴維斯（Howard Davies）指出，《聚會》是一部具有震撼力且充滿憤怒的小說，或許不會使人一見鍾情，卻會使人留下深刻的印象。推敲戴維斯的弦外之音，便是一般讀者可能會覺得《聚會》讀起來有點吃力，但他相信讀者一旦進入狀況，就會發現本書並不難讀，而且會覺得小小的堅持值回票價。

曼布克獎的光環能夠改變讀者的閱讀習慣到什麼程度，或許仍有待時間的證明，不過辦文學獎的目的究竟何在？柑橘獎的使命是提倡女性書寫，將遭受埋沒的女才子們帶到讀者眼前，曼布克獎過去幾年來也同樣把一個又一個鮮為人知的資深作家引進大眾的視界，這兩個文學獎能夠成功地達成獎項成立的初衷，激發英語小說創作的活力，應該是它們能在英國文壇呼風喚雨最主要的原因。

科斯達文學獎的前身是惠特比文學獎，也是規模最龐大的英國文學獎項之一，雖然獎額不是最高的，在媒體上的造勢活動也不是最熱烈的，但所涉及的文學類別卻相當繁複。

一九七一年創辦時，惠特比文學獎的焦點放在三類作品身上，也就是當年度所出版的小說、傳記和詩。隨後幾年間，獎項的結構不斷蛻變，例如一九七二年和一九七三年，因為詩的表現並非特別出色，所以那兩年給獎的對象變成了小說、傳記和童書；一九七四年忽然在前三者外增加了一個首部作品獎；但到了一九七五年又變成只甄選小說、自傳和首部作品！這種持續摸索、舉棋不定的局面持續到一九八四年，直到一九八五年起，惠特比文學獎的型式才算穩定下來，成為一共頒發六個獎項、五個類別，分別是傳記、小說、首部小說、兒童文學及詩，各類得主皆可獲頒五千英鎊的獎金，然後評審團再於這五位得主中選出一部「年度代表作」（Book of the Year），最後贏家則可獨得二萬五千英鎊的獎額。

雖然在一九九九年和二〇〇二年，惠特比文學獎又都另外做了一些調整，不過基本上只是評審方式和獎金額度的差異，因此本文不另贅述，必須要談的最大變化乃是二〇〇六年金主的交棒，從以投資娛樂事業為主的惠特比公司（Whitbread），轉到了科斯達咖啡（Costa Coffee）旗下，所幸獎項的內容和評選方式都不變，只是把文學獎的頭銜改成科斯達文學獎，此外並強調年度代表作得主最後的得獎金額是三萬英鎊，不下於柑橘獎的風光。

評審方式

如前所述，本獎分成五個類別、六個獎項，每個類別的評審團都由三位委員組成，其中一位是作家，一位是出版商，一位是新聞記者，但在兒童文學獎的評選小組中，還會另邀兩名年輕的小評審參與討論。各個類別的評選小組獨立作業，在十二月初分別圈選四部作品進入各小組的入圍名單，於十二月底公佈各個類別的得主。當各類得主敲定之後，評選小組就解散了，接下來的工作是組成決選評審團，以便從各類得主所形成的決選名單中，挑出一部當年文壇的「武林盟主」，也就是本獎的年度代表作。

決選評審團一共有九位成員，包括了五位來自先前各評選小組中，具有作家身分的評審委員，另外再邀請三位以喜愛閱讀而出名的社會名流，最後並加上評審團主席一人，經過一連串的開會激辯後，於一月底揭曉他們達成的共識，為年度代表作的得主加冕。

年度代表作

本文的介紹以惠特比文學獎時代，從一九八五年給獎型式穩定下來以後到二〇〇六年更名之前的頒獎結果做為評論的依據。和其他各類文學獎一樣，惠特比每年的頒獎並非毫無爭議，尤其因為類別的多樣化，每當評審委員軍心渙散時，惠特比的結果不免被各界攻擊得體無完膚；但是當出現陣容堅強的團隊時，惠特比的決選過程卻又精采紛呈，甚至可能提供某些文學思潮的指標。

舉例來看，在此獎歷屆年度代表作中，獲獎次數最多的類別是「小說」

（高達七次），如果將「首部小說」也算進來，則小說的得獎次數更佔了總數的一半（請參見附表）。不過當我們發現在英國文學市場上，「小說」和「非小說」長久以來一直都是以幾近五五之數各擅勝場時，我們對此一比例無形中的分配，很可能便將感到無可厚非了！換句話說，惠特比文學獎的年度代表作得獎名單，確實反映了英國書市的一些實況。

因此如果我們將眼光放遠，以綜觀的角度來分析，也將發覺一些引人注意的現象：

第一、從一九九六至一九九九年，「詩」似乎有躍登「文學盟主」寶座的趨勢，因為這幾年間有兩位重量級詩人迭出佳作——一位是諾貝爾文學獎得主黑倪（**Seamus Heaney**，或譯悉尼），一位是天才詩人修斯（Ted Hughes, 1930-1998）。其中修斯於一九九八年十月死於癌症，更使當年的惠特比文學獎成為大西洋兩岸文壇沸沸揚揚的盛事！

修斯堪稱英國詩壇的奇葩，一九五六年與美國女詩人普拉絲（Sylvia Plath, 1932-1963）在劍橋相識、相戀，文學與愛情之旅一帆風順，不過後來他與普拉絲的離異，導致了女作家選擇自殺一途，卻使修斯的聲譽一落千丈，三十年來始終扛著負心的罪名。

沉寂多年之後，修斯突然從一九九七年底開始，再度數次成為文壇的頭條新聞——他的力作《來自奧維德的故事》（*Tales from Ovid: Twenty-four Passages from the Metamorphoses*），被裁定為一九九七年惠特比年度代表作，從而引發了翻譯與創作界線的爭議，孰料爭論尚未平息，修斯即選擇在此時打破多年的沉默，以《生日信箚》（*Birthday Letters*）一書公開了與普拉絲戀情的始末，無論是在專家或一般讀者間，都造成了極大的轟動，短期間即迅速攀升暢銷書排行榜，而正當《生日信箚》所帶來的迴響如日中天之際，竟又傳來修斯撒手人寰的噩耗，在讀者心中激起了另一波漣漪！至於修斯在生前和死後所創下連續兩度奪得惠特比年度代表作的紀錄，無疑更增添了令人驚艷復哀悼的色彩。當年惠特比的頒獎典禮上，修斯之女代父受獎發表了至情至性的演說，堪稱近十年來各大文學獎現場最感人的一幕。

第二、「傳記」在惠特比非小說類別中經常有亮麗的表現，而傳記在英國書市本就是廣受歡迎的文學體例，漸有走向大眾化的趨勢！以一九九八年的傳記類得主《喬治亞娜》（*Georgiana: Duchess of Devonshire*）為例，作者以曼妙的筆觸在喬治亞娜身上勾勒出戴安娜王妃（Diana, Princess of Wales, 1961-1997）的身影，這種心照不宣的今昔對比，使許多文評家認為本書讀來更像「小說」；相較之下，當年惠特比年度代表作得主——修斯的詩集《生日信箚》，毫無保留記載了作者二十五年的心路歷程，反倒更有「傳記」的味道。至於二〇〇二年奪下年度代表作的《皮普斯傳》（*Samuel Pepys: The Unequalled Self*），也再次肯定了這個觀察，尤其本書作者湯瑪林（Claire Tomalin）已是英國家喻戶曉的傳記家，每部新書的問世，都有如昔日女小說家艾瑞斯．梅鐸（Irish Murdoch, 1919-1999）所造成的盛況，更證明了傳記文學在今日英國讀者心目中的地位。

湯瑪林和修斯、普拉絲都是同時代的人物，比普拉絲早一年進入劍橋大學，在同一位教授的指導下學習英國文學。她坦承對皮普斯開始感到興趣，肇始於一九六〇年代初期，但四十年後才完成這部生動、活潑的傳記，再現十七世紀充滿疾病、大火、音樂、戰爭和各種英勇事蹟的倫敦，並刻劃出皮普斯和他背後的多位女人，包括皮普斯金主之妻——堅忍不拔的吉梅瑪（Jemima Montagu）、他所痛恨的姊姊包爾（Pall）、聰慧識趣的女僕珍（Jane）、美麗異常的情婦黛比（Deb Willet）、性格獨立的藝術家伴侶瑪麗（Mary Skinner），以及體弱多病卻又脾氣暴躁的結髮妻子伊莉莎白（Elizabeth Pepys）。如此豐富、多元的組合，在湯瑪林有條不紊的鋪陳之下顯得舉重若輕，難怪本書最後能夠脫穎而出，受到決選評審團的青睞。

第三、新舊世紀之交，普曼（Philip Pullman）以《琥珀望遠鏡》（*The Amber Spyglass*：繆思）摘下二〇〇一年惠特比年度代表作的桂冠，不僅反映出當時席捲全球的一股童書旋風，也是「童書作家」在英美文學圈首度獲得「成人」文學大獎的肯定！而二〇〇三年奪魁的《深夜小狗神祕習題》（*The Curious Incident of the Dog in the Night-time*：大塊），雖然在惠特比文學獎中被歸屬於「一般小說」，但在其他同年度文學獎裡卻曾數次被歸類為「兒童文學」和「青少年文學」，可見依照讀者年齡所劃分的文學標籤，已經開始出現很大的問題。

海登（Mark Haddon）的《深》書和普曼的《琥》書有一個共同特色，就是這些作品都同時吸引了兒童和成人讀者。《深》書主角是一名年方十五歲的男孩布恩（Christopher Boone），由於患有亞斯伯格氏症（Asperger's syndrome，即一種輕微自閉症），擁有過人的數學領悟力，但對人類社會的行為動機、情緒變化等卻概念全無！有天晚上，鄰居的小狗被謀殺了，於是布恩巧扮福爾摩斯（Sherlock Holmes），一步步揭開謎底，在這個過程中，讀者對自閉症男孩的內在思維獲得了一種全新的理解，從而對男孩週遭的人事衍生新的同情。全書藉由布恩之口娓娓道來，令人笑中帶淚，同時清新流暢的筆觸也充滿了啟發性，使人在閱畢全書之際，忍不住對生命、對人際關係的互動產生一種別開生面的觀照。

至於普曼則一向以「說故事」的技巧見長，但故事背後卻往往有著深刻的寓意，環繞生、死、愛與信仰的主題。《琥珀望遠鏡》是「黑色元素三部曲」（*Black Material's Trilogy*，繆思）的完結篇，其中第一部為《北極光》（*Northern Lights*，或譯《黃金羅盤》），第二部為《奇幻神刀》（*The Subtle Knife*，或譯《奧祕匕首》），內容敘述孤女里拉（Lyra）準備拯救被「雄火雞」綁架的朋友羅傑（Roger）時，無意間聽到了有關神祕客「灰塵」的談話，於是在救出羅傑之後，里拉也想尋找「灰塵」，途中遇到小男孩威爾（Will）。十二歲的威爾正在尋訪失蹤的父親，但因誤殺了人而遭警方通緝。威爾擁有一把奇幻神刀，可以切開區隔空間的物質，從而進入不同的空間。當里拉遭到綁架之後，威爾為了營救里拉，展開了新的冒險，各種錯綜複雜的線索，都在《琥珀望遠鏡》中獲得解答。

其實，文學的分類應是為了方便研究的權宜之計，但是當分類的偏見對作家、文評家和愛書人開始造成不公平且不必要的限制時，或許也就是重新思考「文學分類」既定模式的時候了！正因如此，惠特比文學獎堅持將文學作品分門別類加以評比的做法，經常是英倫文壇議論紛紛的話題。

第一屆科斯達文學獎

科斯達文學獎是否將會改變惠特比獎的既定格局，一時之間難以定論，不過第一屆科斯達文學獎倒是擊出了漂亮的一棒，二〇〇七年二月七日揭曉的結果，由女作家史蒂芙．潘妮（Stef Penney）的首部小說《獵狼者之死》（*The Tenderness of Wolves*；麥田）獲得二〇〇六年「年度代表作」的殊榮。

與《獵狼者之死》同時角逐年度代表作的還包括小說組得主——包伊德（William Boyd）的《煩躁不安》（*Restless*）；傳記組得主——湯普森（Brian Thompson）的《保持沉默》（*Keeping Mom*）；詩集組得主——海恩斯（John Haynes）的《給佩玄斯的信》（*Letter to Patience*）；以及童書組得主——紐柏力（Linda Newbery）的《金科玉律》（*Set in Stone*）。上一回由首部小說摘下年度代表作桂冠已是十二年前的事，阿特金森（Kate Atkinson）以《博物館幕後》（*Behind the Scenes at the Museum*）在一九九五年崛起文壇，現已是英國小說界的一員大將！

潘妮患有公共空間恐懼症，很少外出，也很排斥面對媒體，外界對她所知甚少，僅知她於一九七〇年出生於愛丁堡，有一個姊姊，母親是退休圖書館員，父親曾經從商，後來成為藝術界的資金籌募人。潘妮先在布里斯托大學

（University of Bristol）攻讀哲學與神學，後來又到一家藝術學院主修電影，成績優異，畢業時還成為商業電視台卡爾頓（Carlton Television）指名培養的寫手，不過也就是在這幾年間，潘妮開始出現了恐懼症的徵兆，任何交通工具都會讓她心跳加速、冷汗淋漓，直到她幾乎無法呼吸、暈死過去。

所幸在藥物控制、心理治療，以及巨大意志力的幫助之下，潘妮竭盡所能過著正常的生活。她搬到倫敦定居，撰寫電影劇本，透過電話與演員和片場聯繫，可惜到了一九九〇年代末期，她的恐懼症驟然惡化，迫使她放棄了編劇的工作，但也就是在這個時候，她決定開始動筆寫小說，因為這是她可以自己一個人在家獨力完成的事情，而《獵狼者之死》也就是潘妮在這段黑暗歲月成就的力作。

小說背景設於一八六〇年代加拿大白雪紛飛的曠野，患有公共空間恐懼症的女主人翁帶領讀者進入一個交織了謀殺、尋人、拓荒故事的傳奇世界，潘妮的文字技巧扣人心弦、美不勝收，使你完全忘記作者本人根本從未履足加拿大，書中的一切都是她憑藉大英圖書館的資料和天馬行空的想像力創造出來的產物！正如評審團主席亞努奇（Armando Iannucci）所強調的：「潘妮的小說驗證的正是純文學強大的力量。」

期許科斯達文學獎再接再厲，為活力充沛的英國文學界再締佳績。

附表：惠特比文學獎歷屆年度代表作（1985-2009）

年度	類別	書名	作者
1985	詩	《悼文》（*Elegies*）	丹恩（Douglas Dunn）
1986	小說	《浮世畫家》（*An Artist of the Floating World*．皇冠）	石黑一雄
1987	傳記	《在時鐘的眼睛下》（*Under the Eye of the Clock*）	諾蘭（Christopher Nolan）
1988	首部小說	《瘋狂的慰藉》（*The Comforts of Madness*）	塞爾（Paul Sayer）
1989	傳記	《柯立芝傳》（*Coleridge: Early Visions*）	霍姆斯（Richard Holmes）
1990	小說	《期盼的怪物》（*Hopeful Monsters*）	莫斯利（Nicholas Mosley）
1991	傳記	《畢卡索的一生》（*A Life of Picasso*）	理查德森（John Richardson）
1992	首部小說	《搖晃鐵鎚》（*Swing Hammer Swing!*）	托琳頓（Jeff Torrington）
1993	小說	《戰爭理論》（*Theory of War*）	布拉迪（Joan Brady）
1994	小說	《菲麗西亞的旅程》（*Felicia's Journey*）	特維（William Trevor）
1995	首部小說	《博物館幕後》（*Behind the Scenes at the Museum*）	阿特金森（Kate Atkinson）

1996	詩	《精神層次》（*The Spirit Level*）	黑尼（Seamus Heaney）
1997	詩	《來自奧維德的故事》（*Tales from Ovid*）	修斯（Ted Hughes）
1998	詩	《生日信劄》（*Birthday Letters*）	修斯（Ted Hughes）
1999	詩	《史詩》（*Beowulf*）	黑尼（Seamus Heaney）
2000	小說	《英國乘客》（*English Passengers*）	克尼爾（Matthew Kneale）
2001	兒童文學	《琥珀望遠鏡》（*The Amber Spyglass*‥繆思）	普曼（Philip Pullman）
2002	傳記	《皮普斯傳》（*Samuel Pepys: The Unequalled Self*）	湯瑪琳（Claire Tomalin）
2003	小說	《深夜小狗神祕習題》（*The Curious Incident of the Dog in the Night-Time*‥大塊）	海登（Mark Haddon）
2004	小說	《小島》（*Small Island*‥麥田）	勒維（Andrea Levy）
2005	傳記	《瑪蒂斯大師第二集》（*Matisse the Master: A Life of Henri Matisse*, 1909-1954, v. 2）	史柏琳（Hilary Spurling）
2006	首部小說	《獵狼者之死》（*The Tendernrss of Wolves*‥麥田）	潘妮（Stef Penney）
2007	小說	《戴軍官》（*Day*）	甘迺迪（A. L. Kennedy）
2008	小說	《祕典》（*The Secret Scripture*）	巴瑞（Sebastian Barry）
2009	詩	《遍布》（*A Scattering*）	雷德（Christopher Reid）

衛報首部作品獎

衛報首部作品獎是英國頗為罕見的文學獎項，奇特之處有以下幾點：第一、它是少數由單一一個質報企業創設的文學獎，因此雖然評選過程會在《衛報》（*The Guardian*）及週日版姊妹報《觀察者》（*The Observer*）上披露，但其他的報章為了避免幫對手做宣傳，卻通常敬謝不敏，實屬憾事；第二、獎項不分類別，只要是英語作家的首部創作即可參選，因此寫作視野相當遼闊，甚具啟發性；第三、本獎也是在決選過程中，少數將讀者意見納入考量的文學獎——評審團的成員除了學者專家之外，還包括連鎖書店Waterstone's在英國各地組成的讀書會在內（獎項成立之初是與Borders書店合作，但許多Borders英倫分店近幾年來已逐漸和Waterstone's書店合併），這些讀書會的成員不僅在決定入圍名單時扮演了重要的角色，最後還必須互推一位代表加入決選評審團，參與有關獎落誰家的最終辯論。換句話說，無論就評審過程或創作型態來看，本獎都反映了《衛報》所標榜的自由主義精神。

由「衛報小說獎」到「衛報首部作品獎」

衛報首部作品獎始於一九九九年，前身為一九六五年成立的衛報小說獎，是英國境內最早由一家報紙企業獨力籌辦的小說大獎，歷來獲獎的小說家包括了不少知名人士，例如一九八三年的史威夫特（Graham Swift）以《水中地》（*Waterland*）奪魁，本書曾在同年度入圍布克獎決選名單，可惜功敗垂成；一九八四年的得主是巴拉德（J. G. Ballard）的《太陽帝國》（*Empire of the Sun*，皇冠），本書曾於一九八七年被改拍成好萊塢同名佳片，評價極高；一九九三年的女作家巴克（Pat Barker），以其「一次大戰三部曲」中的第二部——《門裡的眼》（*The Eye in the Door*）奪魁，巴克隨後又以三部曲中的完結篇——《幽冥路》（*The Ghost Road*），在一九九五年的布克獎中封后；又如一九九六年的狄恩（Seamus Deane），得獎作品《在黑暗中閱讀》（*Reading in the Dark*），同樣曾經入圍該年度的布克獎，只不過當年的布克獎由史威夫特以《最後的安排》（*Last

Orders）摘下桂冠。

由上述的例子可以看出，在英國小說獎日見繁多的情況下，不同獎項所獎勵的得主之間，同質性不免越來越高，於是為了鼓勵更多樣化的作家和更廣泛的閱讀層面，衛報小說獎終於在一九九八年劃下句點，並於次年改頭換面，變成了衛報首部作品獎，於每年十二月初公佈得獎名單暨頒發一萬英鎊的獎金。

衛報首部作品獎的主要目的在於挖掘新人、發掘好書、鼓勵閱讀，因此為了在「精英」和「大眾」的品味之間尋找平衡點，評選的過程也別出心裁：首先由專家組成評審團，從送審的作品中圈選出一份初選名單，而根據過去幾年來的經驗歸納，送審作品通常約在一百四十部上下，初選名單則約有十部左右；接下來，Waterstone's 書店在各地組織的讀書會便必須挑起大樑，每週讀完一本初選作品後各自開會討論，讀書會凝聚的共識乃是決定由哪五部作品構成決選名單的重要依據；最後再由讀書會推派出來的總代表，與專家組成的決選評審團開會辯論，從決選名單裡挑出最後的得獎篇章。

歷年得獎作品簡介

從一九九九年至二〇〇九年止，衛報首部作品獎共選出了十一位不同的得主（請參見附表），第一屆得獎人為古拉維奇（Philip Gourevitch），以沉重的報導文學《請注意，明天我們和家人都將遭殺害》（*We Wish to Inform You that We Will be Killed with Our Families*）獲獎。

古拉維奇出生於一九六二年，曾以新聞記者的身分目睹盧安達大屠殺，但本書並非現場報導，而是作者離開盧安達之後的沉澱、反芻與分析，回溯他如何接受《紐約客》（*New Yorker*）指派的任務，在慘案發生之後前往實地勘查，企圖從與受害者及加害人的訪談中尋求真相，一直到返美之後仍不斷繼續研究，使他對劫後餘生者個人悲劇及人類歷史有了更大的觀照，並對西方世界的黑暗心靈做了痛切的反省。

二〇〇〇年時值新舊世紀之交，得獎作品一反古拉維奇悲痛的風格，頒給了史密斯（Zadie Smith）輕鬆、幽默的首部小說《白牙》（*White Teeth*：大塊）。《白牙》稱得上是過去幾年來最受西方媒體青睞的處女作之一，除了小說

附表：衛報首部作品獎歷屆得獎名單（1999-2009）

年度	作者	書名
1999	古拉維奇（Philip Gourevitch）	報導文學《請注意，明天我們和家人都將遭殺害》（*We Wish to Inform You that We Will be Killed with Our Families*）
2000	史密斯（Zadie Smith）	小說《白牙》（*White Teeth*：大塊）
2001	衛爾（Chris Ware）	小說《吉米・科瑞根：地球上最聰明的小孩》（*Jimmy Corrigan: The Smartest Kid on Earth*：時報）
2002	佛爾（Jonathan Safran Foer）	小說《事事透明》（*Everything is Illuminated*）
2003	麥克法蘭（Robert Macfarlane）	散文回憶錄《心靈山脈》（*Mountains of the Mind: A History of a Fascination*：時報）
2004	李洛伊（Armand Marie Leroi）	科普作品《畸形人》（*Mutants: On the Form, Varieties and Errors of the Human Body*）
2005	瑪斯特士（Alexander Masters）	傳記《史都華：人生倒敘》（*Stuart: A Life Backwards*）
2006	李翊雲	短篇小說集《千年敬祈》（*A Thousand Years of Good Prayers*）
2007	孟格斯圖（Dinaw Mengestu）	小說《革命之子》（*Children of the Revolution*）

2008	羅斯（Alex Ross）	音樂史《其餘皆雜音：傾聽二十世紀》（*The Rest Is Noise: Listening to the 20th Century*）
2009	嘉帕（Petina Gappah）	小說《伊斯特里之輓歌》（*An Elegy for Easterly*）

題材之外，史密斯本人年輕、貌美、聰慧的黑人女作家形象恐怕也不無關係——史密斯開始撰寫《白牙》時，是年僅二十一歲的劍橋大學生，沒想到三年之後小說出版，她也突然一夜成名，被大西洋兩岸視為文壇瑰寶，簡直有如一般人可遇而不可求的童話故事！

本書人物頗眾，主要環繞在三位第二代英國外來移民的身上，由這兩男一女的童年生活展開，點出他們與各自的父母以及彼此間的關係，由他們和英國社會的互動，勾勒出第二代移民如何調適自我的身分認同。評審團咸認本書以大膽、諷刺、詼諧的筆法描繪出社會變遷的過程，對種族矛盾的看法不落俗套，充滿溫暖的人性。史密斯隨後於二〇〇三年被文學雜誌《葛蘭達》（*Granta*）選為二十位「最佳英國青年作家」（Best Young British Writers）之一，更被美國知名大學聘請為客座教授，至今既是英國小說界的重要精英，也是大西洋兩岸學術界閃亮的文學明星。

二〇〇一年與二〇〇二年的得獎作品仍然都是小說，一部是衛爾（Chris Ware）的《吉米．科瑞根：地球上最聰明的小孩》（*Jimmy Corrigan: The Smartest Kid on Earth*：時報），另一部是佛爾（Jonathan Safran Foer）的《事事透明》（*Everything is Illuminated*）。兩本書都是帶有強烈自傳色彩的悲喜劇。

《吉米．科瑞根》是由衛爾的連載四格漫畫脫胎而來，描述從小被父親拋棄的吉米，有一天忽然接到父親邀他去過感恩節的請帖，於是帶著複雜萬分的心情，吉米跨越美國城市見到了三十多年不見的父親，卻發現他與自己的想像完全不符！小說藉由夢境的區隔跳到了另一個敘事主軸，讀者由此得知吉米的祖父當年也曾被自己的父親拋棄，因此祖父到最後雖然變成一位面目可憎的老人，卻使讀者不忍對他過於苛責……。

《事事透明》則是佛爾虛構的個人史。佛爾的祖父是猶太人，在烏克蘭期間曾受到一名陌生美女的協助而逃過納粹的魔掌，奔赴美國，於是當佛爾滿十九歲那年，他突發奇想，決定帶著這張美女的照片去烏克蘭尋找祖父的救命恩人，結果當然無功而返。為了彌補內心的遺憾，他把這段莽撞的冒險經歷寫成小說，在小說中他做了許多當初自己應做而未做的事，例如行前的研究、計畫，以及聘雇一名翻譯……等，於是小說內容變成了佛爾個人的替代歷史，也是他的情感和心智成長之旅。

到了二〇〇三年，第五屆衛報首部作品獎由融合回憶錄和散文寫作手法的《心靈山脈》（*Mountains of the Mind*）奪魁，作者為劍橋英語學者麥克法蘭（Robert Macfarlane）。

出生於一九七六年諾丁罕的麥克法蘭坦承，他並非專業登山家，但是他對山的熱愛，使他一再奔向山的召喚，並曾在一次攀登阿爾卑斯山的意外中，不得不用瑞士刀截掉自己的手指！但即使如此，他對山的熱情卻未稍減，因此他企圖在這本書裡解釋，為什麼明知充滿了未知數的威脅，山竟仍能佔據一個人的靈魂。

《心靈山脈》的副標題為「迷戀的歷史」（A History of a Fascination），作者認為人類對山的浪漫憧憬始於數百年前，但在更早的時候，山多半被視為醜惡、危險的障礙，直到科學與技術出現了長足的進步，攀爬高峰有如對意志力的考驗，尤其對生活中滿佈複雜變數的現代人來說，山更往往展現了一種莫大的吸引力——在山上，「危險」具有簡化一切的效果，因為「生存」變成一連串黑白分明的選擇，沒有模糊地帶。

麥克法蘭指出，他無意在書中進行過多的心理分析，但他相信，山對現代人的魔力，是一種自然世界和人類想像力的綜合體，而他除了以本人的心路歷程做為向讀者的告白之外，也舉出史上多位業餘登山同好的經歷為佐證，例如十九世紀英國詩人柯立芝（Samuel Taylor Coleridge, 1772-1834）、十七世紀英國劇作家鄧尼斯（John Dennis, 1657-1734），以及二十世紀為征服聖母峰而喪生的馬洛瑞（George Mallory, 1886-1924）等。

二○○四年是由倫敦大學（University of London）生物系副教授李洛伊（Armand Marie Leroi）的《畸形人》（*Mutants: On the Form, Varieties and Errors of the Human Body*）獲得殊榮。這是科普作品第一次受到衛報首部作品獎的肯定。

《畸形人》記錄了李洛伊在生物演化發展學上的研究心得，他在書中指出：「畸形的發生並非一種衝動的結果，或者是無跡可循的自然突變，也不是宇宙所開莫名的玩笑，而是許多自然界的因素百川匯聚而成的力量，是我們可以經由研究獲得領悟和了解的奇妙現象。」評審團表示，本書以優美的文筆交織了科學和歷史軼聞，挑戰我們的思考，是一部引人入勝、傑出的著作。

二○○五年得獎作品《史都華：人生倒敘》（*Stuart: A Life Backwards*），是一本相當難得一見的傳記。作者瑪斯特士（Alexander Masters）是一個極少與外界接觸的隱士，主要工作是寫作與插畫，史都華則是一個具有暴力傾向的乞丐，在某種因緣際會下，瑪斯特士認識了史都華並進而與之成了朋友，而這本傳記便是描述兩人友情發展的經過，同時當史都華開始信任瑪斯特士之後，他也向作家透露了自己如何從一個天真無邪的小男孩，變成了今天吸毒嗑藥的流浪漢。整個過程其實是相當令人鼻酸的生命經歷，但作者本人的特異性格與具有疏離感的書寫手法，卻使本書在悲苦中充滿了幽默與驚喜，將原本賺人熱淚的悲劇，更進一步提升為感人至深且富有啟發性和原創性的奇妙作品。

本書隨後獲得英國廣播協會（簡稱ＢＢＣ）的欣賞，改編成電視劇播出而引發各界迴響，是衛報首部作品獎的各部得獎佳作中，繼《白牙》被英國第四頻道（Channe 4）改編之後，第二部吸引了其他媒體關注的好書。

二〇〇六年的獎項落在旅美華裔女作家李翊雲身上，以短篇小說集《千年敬祈》（*A Thousand Years of Good Prayers*）贏得決選評審團的肯定。書中選輯的文字皆以現代中國為背景，描寫中國人和華裔美國人的故事，探討神話、家庭、歷史和階層的問題，本書並已被資深美國華裔導演王穎改拍成同名電影。換句話說，衛報首部作品獎連續兩年受到影視媒體的注意，雖然將之解讀為「本獎已開始發揮市場的影響力」不免過於草率，但此獎的訊息面似乎已逐漸拓寬，則是令人振奮的發展。

李翊雲一九七三年在北京出生，北京大學生物系畢業後於一九九六年赴美攻讀醫療科學，一九九七年開始上英文寫作班，這才受到師長的鼓勵走上了以英文創作的道路，而從二〇〇三年正式發表英文作品以來，表現即頗不凡，例如《千年敬祈》書中所收錄的短篇小說裡，就有曾獲巴黎評論獎（Paris Review Prize）以及在《紐約客》雜誌刊登的不同佳篇。

按理說來，同樣身為來自中國的年輕女小說家，比起郭小櫓在二〇〇七年躋身柑橘獎決選名單而功敗垂成的新聞，李翊雲提早一年入圍並摘下衛報首部作品獎的事實，應該會使李翊雲比郭小櫓更受英國傳媒界的寵愛才是？不過市場的遊戲規則原本奧妙，兩個文學獎在讀者心目中的份量或許並不對等，再加上李翊雲為旅美作家，擅寫短篇小說，而郭小櫓的長篇英文小說卻是直攻英國市場，這些可能都可以看成是英國文壇對兩人厚此薄彼的一些解釋吧？

二〇〇七年的得主則是來自美國的衣索比亞作家孟格斯圖（Dinaw Mengestu），得獎作品為《革命之子》（*Children of the Revolution*），描述衣索比亞難民史蒂發諾斯（Sepha Stephanos），在祖國目睹父親被殺害的慘劇之後逃到美國求生。十七年很快過去了，史蒂發諾斯在華盛頓特區一個日益萎靡的社區裡經營一家風雨飄搖的雜貨店，對自己的身分認同依舊充滿了疑惑與掙扎。

論者多半很快就能指出這部小說的自傳性意味，孟格斯圖的父親曾受到衣索比亞革命軍的迫害而避難美國，兩年之後，孟格斯圖兩歲那年也和母親與姊姊追隨父親的腳步移民新大陸，不過孟格斯圖和史蒂發諾斯的雷同處僅止於此，當小說主人翁因移民身分而備受阻撓與困擾之際，孟格斯圖卻是哥倫比亞大學（Columbia University）的高材生，簡潔精湛的文字深獲評審團的讚譽。

身分認同是全球化的多元社會日趨熱門的話題，孟格斯圖藉由史蒂發諾斯的心路歷程勾勒出了二十一世紀美國複雜的移民生活，雖然主人翁的故事背景以非洲政治為焦點，但從旅居異國的文化疏離，到融入新社會之後雙重（乃至多重）身分認同的探索，再到時空錯置所經常帶來的強烈寂寞感，對世界各地的文化旅人來說，可能都是具有普同性的深刻體驗，而這正是《革命之子》致勝的關鍵。

獨立報外國小說獎

大體說來，英國書市的出版量雖然很大，但幾乎都是以英文為主，翻譯作品所佔的比例並不高，因此為了鼓勵引進外國文學，擴大民眾的文化視野，英格蘭藝術委員會（Arts Council of England）特別贊助了獨立報外國小說獎的設立，自二〇〇〇年起，以仍然在世的作家及翻譯者為限，每年選出首次在英國被翻成英文出版的最佳外語小說一本，隔年頒發獎金一萬英鎊，由作家和翻譯家均分。

三大特色

獨立報外國小說獎和其他小說獎最大的差別，在於其對翻譯品質的重視。

誠如該獎前任評審委員丹克爾（Patricia Duncker）所指出的：「翻譯不只是不同語言的轉介，還包括文化和思想的傳達，因此最上乘的翻譯技巧，會使讀者根本忘了『翻譯』的存在，除了充滿異國情調的人名、地名、風俗習慣……等，可能會一再提醒讀者有關該書的原始出處外，我們幾乎以為作者原就是用我們的語言直接創作，並與我們溝通的了！」

或許正是這種特性使然，翻譯家在文學界往往受到很不公平的待遇，不僅金錢上的報酬泰半不能和付出的心力成正比，翻譯家的地位也經常被忽略，有人甚至根本不把翻譯當成一門專業，完全漠視了翻譯家本身所必須具備的語言、文學和文化素養！殊不知翻譯如要達到「信、達、雅」的境界，其實稱得上是一種「再創作」的過程，雖然再好的翻譯技巧也無法使壞的小說變成優秀作品，但是拙劣的翻譯卻可以把完美的文字破壞殆盡，而優美的翻譯則可能使平凡的著作生色不少。因此，獨立報外國小說獎能夠慧眼識英雄，將原作者和翻譯家的重要性等量齊觀，可以說是本獎最大的特色之一。

那麼評審團怎麼知道一部作品究竟翻得好不好呢？——這可就涉及了本獎的第二個特色。

要擔任獨立報外國小說獎的評審委員可不容易，除了英文之外，至少還得精通一兩個其他現代語言，所以雖然每屆評審委員的人數並不多，一般僅由五位委員所組成，但是整個評審團卻能夠駕馭七、八種以上的創作語言，同時評審團的背後還有一支龐大的語言諮商隊伍，以便讓評審委員能夠徵詢有關中文、希伯來文、阿拉伯文……等更多語種所牽涉更廣泛、深入、複雜的問題。

至於獨立報外國小說獎的第三個特色，則是入圍小說多半來頭不小，而這和出版市場的操作方式恐怕不無關係。因為翻譯書籍的成本昂貴，英國出版社通常不願貿然引進未經市場證明的外文著作，因此能夠通過出版社的篩檢門檻，賣出翻譯版權然後邁進英國書市的國外作家或作品，一般都是具備了得獎經驗、在本國或第三國高居暢銷書排行榜，或者早已是某個市場赫赫有名的作家（請參見附表）。

附表：獨立報外國小說獎歷屆得主（2001-2009）

年度	書名	作者	原文	翻譯者
2001	《可瑞爾事件》《*The Alphonse Courrier Affair*》	墨拉索妮（Marta Morazzoni）	義大利文	羅絲（Emma Rose）
2002	《奧斯德立茲》（*Austerlitz*）	希柏德（W. G. Sebald）	德文	貝爾（Anthea Bell）

2003	《御醫來訪》（*The Visit of the Royal Physician*）	恩奎斯特（Per Olov Enquist）	瑞典文	南娜利（Tiina Nunnally）
2004	《莎拉米軍人》（*Soldiers of Salamis*）	斯爾卡斯（Javier Cercas）	西班牙文	麥克林（Anne McLean）
2005	《世界之窗》（*Windows on the World*）	北貝德（Frédé'ric Beigbeder）	法文	溫恩（Frank Wynne）
2006	《外出偷馬》（*Out Stealing Horses*：寶瓶）	派特森（Per Petterson）	挪威文	柏恩（Anne Born）
2007	《變色龍之書》（*The Book of Chameleons*）	阿瓜陸莎（José Eduardo Agualusa）	葡萄牙文	漢恩（Daniel Hahn）
2008	《謎樣人生》（*Omega Minor*）	維爾黑根（Paul Verhaeghen）	荷蘭文	維爾黑根（Paul Verhaeghen）
2009	《軍隊》（*The Armies*）	羅塞絡（Evelio Rosero）	西班牙文	麥克林（Anne McLean）

《可瑞爾事件》

義大利女小說家墨拉索妮（Marta Morazzoni）以《可瑞爾事件》（*The Alphonse*

Courrier Affair）摘下了第一屆獨立報外國小說獎的桂冠。

出生於一九五〇年的墨拉索妮在米蘭附近的一所高中教授義大利文學，在《可瑞爾事件》之前，她已有兩部小說被翻成英文問世，不過本書於一九九七年在義大利獲得大獎（Campiello Prize）後，更使墨拉索妮聲名大噪！只是墨拉索妮並不喜歡被當成名人，而且她也不覺得作家的工作有何神祕之處，她堅持寫作不過是自己生活作息的一部分，慣於每天下午寫點兒東西。

墨拉索妮的文字風格和她的創作心態息息相關，《可瑞爾事件》所描寫的也都是最規律的日常景象，但是在小說人物的一舉手、一投足之間，讀者卻能嗅到主人翁內心深處隱藏的激情，從而忍不住逐頁細讀下去。

本書背景設於一百年前義大利火山旁的一個小村莊，鐵匠可瑞爾有一個漂亮的妻子和一名情婦，隨著時間的流逝，可瑞爾的母親去世了，但家裡也添了兩個壯丁，後來可瑞爾的好友發現自己偷偷愛上了可瑞爾之妻，但其妻卻不能回報這份感情，接著可瑞爾的情婦喪生於大火之中，而火災的起因很可能是有人蓄意縱火，於是一連串的事故使平靜的村落謠言四起……。故事的最後並未對任何疑雲做出解釋，因為墨拉索妮無意創作偵探小說，她希望讀者能將本書當成一張拼圖或一個謎團，而全書最重要的線索，便是生命的樂趣，作者期能以探索的精神享受分分秒秒的生活體驗。

《奧斯德立茲》

德國作家希柏德（W. G. Sebald）是一個複雜人物，出生於一九四四年，雖然在英國大學有三十五年教授歐洲文學的經驗，但他一生堅持以德文創作，卻又認為無論在德國或英國，他都是異鄉人，因此他曾半開玩笑地說，他理想中的家，應該是位於瑞士的某一所旅館吧？——這種對失根、尋根、歷史和身分認同的探索，自然也成了希柏德作品的中心題旨，在某個層面上，可以說呼應了孟格斯圖（Dinaw Mengestu）獲得二〇〇七年衛報首部作品獎的《革命之子》（*Children of the Revolution*）。

《奧斯德立茲》（*Austerlitz*）的背景設於一九六七年，小說敘述者在歐陸的一個車站與一位陌生男子偶然邂逅，從而展開了兩人長期但斷斷續續的友誼。這個陌生人小時候叫做艾略斯（Dafydd Elias），由一個威爾斯家庭撫養，上學後才發現自己的原名應該是奧斯德立茲，成年後更發現原來自己來自捷克，因為幼時與母親失散，陰錯陽差逃過了納粹的魔掌，於是他決定返鄉尋回童年的記憶，彌補自己「將錯就錯過著錯誤人生」的缺憾。在希柏德的筆下，奧斯德立茲抑制的情感代表了歐洲被壓縮的過往，透過時空的跳接，希柏德點出了現代歐洲刻意逃避歷史的失憶症候群。

本書是希柏德第四部被翻成英文的小說，在此之前，他的作品憑空讓出版社開發了一個新的名詞——「旅遊歷史小說」，許多英美文壇的重量級作家也紛紛注意到希柏德的才華，例如桑塔格（Susan Sontag）、拜雅特（A. S. Byatt）、翁達傑（Michael Ondaatje）等人，都曾推崇希柏德將想像、報導、記憶、歷史和規則加以詩意融合的能力！不過當《奧斯德立茲》入圍獨立報外國小說獎後不久，希柏德便於二〇〇一年聖誕節前夕的車禍中意外喪生了，否則他的文學成就或許更不止於此？

《御醫來訪》

出生於一九三四年的恩奎斯特（Per Olov Enquist）是瑞典著名的小說家兼劇作家，《御醫來訪》（*The Visit of the Royal Physician*）在獨立報外國小說獎稱王之前，不但已是二十多個國家的暢銷書，也曾先後獲得法國和瑞典文學獎的肯定。

本書是一部設於十八世紀丹麥宮廷的歷史小說，描寫英王喬治三世（George III）的妹妹馬堤達（Caroline Mathilde），嫁給了未成年且心智不健全的丹麥國王克里斯丁七世（Christian VII），隨後卻和來自德國的御醫史朱恩希（Struensee）墜入情網。

史朱恩希是充滿自由主義理想色彩的改革派，與宗教狂熱分子哥德伯格（Guldberg）形成兩個極端，他們都亟欲發揮對克里斯丁七世的影響力而掌握朝政，於是兩股勢力的衝突恰如科學對宗教、意識形態對外交手腕、世俗性慾對清規戒律的激烈抗爭。

在馬堤達的協助下，史朱恩希代理了丹麥王位，在這段期間，他們廢除了一切酷刑和農奴制度、改革貴族階級、開放報禁並鼓勵言論自由，使原本封建、落後的丹麥加速腳步成為歐洲先進國家之一！可惜好景不長，哥德伯格聯合守舊派的武力挑起兵變，史朱恩希慘遭殺害，馬堤達則被放逐，而丹麥政風也重回保守僵化的既往，直到數十年以後，史朱恩希的遺澤才又重見光明並受到紀念。

《莎拉米軍人》

來自西班牙的斯爾卡斯（Javier Cercas）出生於一九六二年，和先前提及的墨拉索妮、希柏德一樣，具有豐富的文學素養及獲獎經驗，《莎拉米軍人》（*Soldiers of Salamis*）是他的第四部小說，在受到獨立報外國小說獎矚目之前，本書的銷售量已達五十萬冊，美國女作家桑塔格更曾讚揚本書為「追求真相的睿智之作，使我們獲得了與歷史達成和解的勇氣」。

《莎拉米軍人》的引人入勝處除了歷史宏觀外，更重要的是作者感性、幽默、親切的筆法。小說敘述者是一個同樣叫做斯爾卡斯的新聞記者兼潦倒的小說家，無意間發現了一段有關西班牙內戰的真實故事：佛朗哥（Franco）的幕僚馬札斯（Rafael Sánchez Mazas）之所以僥倖逃過一死，是因為一名共和軍人在廝殺中動了憐憫之心。

根據歷史的記載，佛朗哥獲勝之後，馬札斯成了獨裁政權下不事生產的特權階級，於是斯爾卡斯決心追蹤當初那位共和軍人的下落，而隨著敘述者採訪的過程，我們不禁懷疑書中一位酗酒鬧事、粗言穢語的老兵米拉勒斯（Enrico

Miralles），是否就是那名共和軍？米拉勒斯在流落到一家法國養老院之前，曾經在西班牙、北非、挪威和德國當了九年的游擊隊員，為了自由而與佛朗哥、法國與希特勒奮勇為敵、殊死作戰——換句話說，斯爾卡斯原想尋覓無名的共和軍，孰料卻在混沌的人世中找到了一位真正的英雄。

《世界之窗》

法國作家北貝德（Frédéric Beigbeder）出生於一九六五年，是過去十年來崛起於法國文壇最受爭議的作家之一，他的九部小說都以精力充沛、混亂異常、追逐時尚的都會文化為背景，說出了法國中生代對主流政治和文化失去信心，卻尚未找到替代性支柱者的心聲。

《世界之窗》（*Windows on the World*）是第一部直接以九一一事件為主題的嚴肅小說，描寫事件爆發之際，一位德州富商與他的孩子們正在紐約世貿中心頂樓聚餐，同一時間在巴黎，一位法國作家努力嘗試理解恐怖事件，並企圖喚醒良知與自我的改造。

九一一恐怖事件至今仍是美國現代史上最敏感而帶有禁忌性的話題，因此

《紐約時報》（*New York Times*）曾經撰文對北貝德大加撻伐，指責他是流氓、無賴、無政府主義者、為了出名而不顧一切，但追根究柢，該文最後的論點卻在探討《世界之窗》怎能將九一一真實的悲劇處理成既幽默又感人的故事情節？可見北貝德的選材或許受人質疑，但他的寫作功力卻有其不凡之處。

北貝德表示，自從九一一事件爆發後，他就覺得這是一個簡直不可能處理的題材，但除了這個題材之外，他也覺得簡直不可能再寫別的東西！《世界之窗》著重於事件所帶來的恐怖、慌張，以及受害者在面對死亡之前，不惜一切對愛的肯定，本書同時藉著巴黎的遙望，提供了帶有討論性和諷刺意味的視角，暗示著作家這一代盛行的享樂主義或許將隨世貿中心的倒塌而瓦解……。從《世界之窗》的省思中，北貝德似乎悟到了一絲生命的真諦，他說：「做人唯一值得懷念之處，便是我們在世時曾經多麼完全又慷慨地愛過。」

此外值得一提的是，本屆獨立報外國小說獎，使中國女小說家郭小櫓第一次受到英國文壇的注意，她的中文小說《我心中的石頭鎮》被翻成英文後，擠進了此獎二〇〇五年的入圍名單，備受讚賞，雖然最後輸給了北貝德的《世界之窗》，卻為她後來直接以英文創作入圍柑橘小說獎的《戀人版中英詞典》（*A Concise Chinese-English Dictionary for Lovers*：大塊），打下了口碑的基礎。

《外出偷馬》

挪威小說家派特森（Per Petterson）出生於一九五二年，在成為全職作家之前曾經擔任圖書館員、書店職員、翻譯者與評論人，迄今出版過一部短篇小說集和五部長篇小說，評價都相當不錯，其中《外出偷馬》（*Out Stealing Horses*：寶瓶）是他最成功的作品，除了獨立報外國小說獎之外，還曾摘下兩個挪威和一個愛爾蘭的文學大獎，《紐約時報》的書評專欄也推崇本書英文版為年度十大好書之一。

《外出偷馬》是一個充滿戀舊情懷的簡單故事，敘述者特龍德（Trond）是一名鰥夫，已與子女失去聯繫，獨居於挪威與世隔絕之處，只有一條忠實的狗與他為伴。特龍德唯一的鄰居也是一名老人，偶然的機緣中他見到了這個鄰居，赫然發現原來自己曾在一九四八年夏天見過這個人，從而陷入了回憶的漩渦。

一九四八年時，特龍德只有十五歲，和父親去瑞典邊境的森林小屋過暑假，認識了另一個也來此度假的男孩強恩（Jon），調皮的強恩慫恿特龍德「外出偷馬」，也就是當地俚語指未經許可偷騎農夫所養的馬匹。但隨後突如其來的悲劇降臨強恩一家人的身上，這個夏天也變成了特龍德一生最重要的轉捩點，使他逐漸了解生命的脆弱與奧妙，並發現再親密的人也可能會背叛你。

《變色龍之書》

阿瓜陸莎出生於一九六〇年，是作家也是新聞記者，出版過短篇小說集、中篇小說、長篇小說和報導文學，《變色龍之書》（*The Book of Chameleons*）使他成為本獎的第一位非洲得主。

《變色龍之書》可以說是一部魔幻寫實之作，故事敘述者相當風趣迷人且饒富機智，可是讀者逐漸才發覺，原來「他」竟是一條蜥蜴！住在範圖拉（Felix Ventura）客廳的牆壁上。範圖拉則是一個特異商人，他所販售的商品是「過去」，如果你不喜歡自己的曾經，他可以賣一個全新的過往給你，包括較為甜美的人生記憶和新的身分在內。

由於作家選擇的視角來自一隻作壁上觀的變色龍，筆觸自有其虛幻、輕快並充滿奇妙詩意的一面，但追根究柢，《變色龍之書》所探討的仍是回憶的不連貫性與身分認同等主題，因此就此層面來說，與《外出偷馬》、《奧斯德立茲》乃至《革命之子》或許都有部分的相似之處？如果能從這樣的角度來解讀的話，回憶與身分認同果真是近幾年來最炙手可熱的小說題材了！

英國皇家協會科學書籍獎

很奇怪，一般喜歡文學的人，通常都覺得自己對科學比較不在行，因此科學性著作往往被認為是比較「生硬」且「專門」的出版品，乏人問津，直到一九八〇、一九九〇年代間，有識之士在台灣市場引進了科普（popular science）書刊，標榜以簡明流暢的文字拉近科學和大眾的距離，帶動了意想不到的風潮，從此「科普」書籍才總算被國人納入了廣泛定義的「文學」範疇。因此除了各式各樣的小說獎之外，我也想介紹一個具有全球性領導地位的科普文學獎——英國皇家協會科學書籍獎。

本獎是由一六六〇年即已成立的英國皇家協會（The Royal Society）負責籌辦，參選作家完全沒有國籍的限制，唯一的要求是必須以英文發表，並以在英國書市出版的日期為準，例如某本科普著作是二〇〇五年在作者的原國家問世，二〇〇七年才引進英國出版市場，那麼本書即有參選二〇〇七年科學書籍獎的資格。換句話說，本獎算得上是一個立足英國、放眼世界的國際性大獎，總金額高達三萬英鎊，歷來得主包括因寫出《時間簡史》（*A Brief History of Time*）而揚名世界的霍金（Stephen Hawking）、哈佛大學（Harvard University）演化生物學家顧爾德（Stephen J. Gould），以及美國暢銷旅遊作家比爾．布萊森（Bill Bryson）等。

前因後果

英國皇家協會科學書籍獎肇始於一九八八年，由皇家協會與科學博物館（Science Museum）共同主持，獎項的名稱非常簡明扼要，就叫做科學書籍獎（The Science Book Prizes）。

到了一九九〇年，Rhone-Poulenc 化學公司成為本獎主要的資金來源，獎項雖仍由皇家協會主導，但名稱卻改成了 Rhone-Poulenc 科學書籍獎（Rhone-Poulenc Science Book Prizes）。隨後 Rhone-Poulenc 公司與 Hoechst AG 公司合併，組成了全歐第一大、但在全球排名第三的德國化學製藥公司阿凡提斯（Aventis），該公司旗下的阿凡提斯基金會以提倡音樂、戲劇、藝術、文學、醫藥、科學的研究與高等教育為宗旨，於是從二〇〇〇年起，這個英國的科普文學獎便在德國的阿凡提斯基金會贊助下，正式更名為阿凡提斯科學書籍獎（Aventis Prizes for Science Books），但英國皇家協會不僅繼續經營獎項的運作，更獲得了本獎的擁有權，使得此獎在科學界和出版界的地位更加鞏固。接著在二〇〇七年，本獎金主再度易手，唯因操作機構不變，獎項名稱終於回歸到皇家協會名下，正式成了英國皇家協會科學書籍獎。

三百多年來，英國皇家協會所扮演的角色便是要促進英國和世界尖端科技的互動、科學人才與知識的交流、提倡科學教育與創作，並增進一般民眾對科學的興趣和了解，因此皇家協會科學書籍獎的評選對文字的「可讀性」，以及題材與日常生活的「相關性」非常重視。獎項分成兩大類：一類是以十四歲以下讀者為目標的「兒童獎」（The Junior Prize），獎金一萬英鎊；另一類是以一般讀者為受眾的「一般獎」（The General Prize），獎金亦為一萬英鎊。此外，進入兩組決選名單但未得獎的作者，也都各獲一千英鎊的入圍獎金以茲鼓勵。

評選方式

每年的科學書籍獎作業時間都有一些出入，不過大體上不會相差太遠，以二〇〇五年為例，報名截止日期為一月七日，對象則包括所有二〇〇四年間於英國首次出版的英文科學性著作，直到二月七日公佈了「兒童獎」及「一般獎」兩組評審團名單後，評選過程便如火如荼地展開了！

「兒童獎」和「一般獎」的評選方式又有一些不同。舉個實例來看，二〇〇五年「兒童獎」的評審團由五位專家學者所組成，公推目前英國當紅的兒童臨床心理學家拜倫（Tanya Byron）為主席，首先在二月十五日開會列出一張初選名單，接著又在三月十五日討論出一張只剩六部作品的決選名單，而當決選名單出爐之後，「兒童獎」評審團的工作就算告一段落，把最後階段的評選工作交給十四歲以下的兒童讀者進行票選，畢竟這個獎項本來就是以十四歲以下的讀者為目標。

至於「一般獎」的評選工作便比較傳統，二〇〇五年的「一般獎」評審團也包含了五位學者專家，並由二〇〇四年得主比爾．布萊森擔任召集人，他們先在三月十日公佈了初選名單，接著在四月二日公佈了六部入圍決選的作品，最後在五月十二日與「兒童獎」同步揭曉最後得獎人。

二〇〇五年的科學書籍「一般獎」，由新聞記者波爾（Philip Ball）的《重要的多數：一件事如何導致另一件事》（*Critical Mass: How One Thing Leads to Another*）雀屏中選，本書教導讀者如何檢驗自己的行為。作者指出，當我們停止嘗試預測或分析個別的行動，而開始將眼光放在全世界成千上萬個個體，每個人個別性的決定累積起來所造成的集體性影響之後，我們便能對人類的行為產生較為全面而深刻的了解。評審團表示，《重要的多數》是一部有關互動科學的好書，資料豐富又極具見地，令人驚艷。

「兒童獎」方面則由溫斯頓爵士（Lord Robert Winston）的《是什麼讓我成為我？》（*What Makes Me, Me?*）脫穎而出。溫斯頓是英國家喻戶曉的生物學家兼電視節目製作人，他所策劃、主持的一系列科普性節目，以生動有趣的手法帶領觀眾思考各種有關心理、生理和人際互動方面的問題，充分達到寓教於樂的效果。《是什麼讓我成為我？》承襲了作者一貫深入淺出的風格，向讀者揭示人體的生物學構造，以及社會面和情緒面的「自我」（self）如何產生，佐以實際生活上的事例，幫助讀者探索「我」究竟是「什麼」的根本問題。

到了二〇〇七年，獲得「兒童獎」的《你能感受重力嗎？》（*Can You Feel the Force?*），是一部用淺顯語言解釋深奧物理的書籍，作者漢蒙德（Richard Hammond）透過文字、數據、習題、腦力測驗、互動遊戲等多種方式向讀者說明「物理」絕非只發生在實驗室裡，而是日常生活中無處不在的現象，對我們生活週遭的一切又具有怎樣的影響力。

榮登「一般獎」寶座的《與幸福邂逅》（*Stumbling on Happiness*），則是一部心理學著作，臨床心理學家吉爾伯特（Daniel Gilbert）以他精闢的研究、哲學思考與實際案例，向讀者揭示為什麼大多數人都不知道如何讓自己快樂。事實上，追求幸福是人性最基本的需求之一，但幾乎沒有人知道如何獲得幸福、保有幸福，甚至根本不知道什麼是幸福！作者指出，人類滿足欲求的基本衝動，對於幸福的追求往往具有誤導作用，進而向讀者提出了他對人性本質與需要的諸多見解，發人深省。

歷屆得主

歷屆的科學書籍獎得主中，固然有不少科學界赫赫有名之士，其實也不乏能讓一般大眾讀得津津有味的暢銷書。無可諱言，大部分得獎作品的題材與綱要，一看書名即可略知一二（請參考表一與表二），但若想要了解更詳盡的內容，則除了一睹為快之外，恐怕別無他途！不過在此我倒是願以個人的閱讀經驗推薦以下三本獲頒「一般獎」的傑作：戴蒙德（Jared Diamond）的《槍砲、病菌與鋼鐵》（*Guns, Germs and Steel*：時報）、霍夫曼（Paul Hoffman）的《數字愛人》（*The Man Who Loved Only Numbers*：台灣商務），以及布萊森的《萬物簡史》（*A Short History of Nearly Everything*：時報）。

戴蒙德是美國著名的物理學家，《槍砲、病菌與鋼鐵》探討為何資本主義和科學會在歐洲與近東興起，使之成為現代社會的搖籃，以詳細的資料舉證說明居住不同陸塊的人們之所以導致不同的命運，並非因為人種的差別，而是來自天然資源的迴異性。本書交織了人類歷史、生態學、生物學和語言學等多項線索在內，雖然稱不上淺顯易懂，但其宇宙宏觀與龐大的企圖心自是不言可喻。

霍夫曼的《數字愛人》是一部傳記作品，記載了匈牙利數學家艾狄胥（Paul Erdós, 1913-1996）傳奇的一生。艾狄胥是一個科學哲學家，將數學視為追求真理與永恆之美的終極途徑，直到他一九九六年謝世之前，艾狄胥發表過一千五百篇以上的數學論文，是史上最多產、思考過最多問題的數學家！此外，艾狄胥也是一個荒誕有趣的奇人，一生所愛只有數字，每天花十九個小時以上的時間做算術，又經常出其不意出現在朋友家門口說：「我的大腦開門了，你的開了沒有？」急切地想和朋友切磋各種古怪的習題，狂熱所及不僅感染了身邊所有的人，連讀者也很容易在不知不覺中被吸進他那奇妙的世界裡，相當有趣。

至於布萊森的《萬物簡史》，據說是截至目前為止最暢銷的科普著作，書中從他為何決定從旅遊作家撈過界寫科普書籍、如何蒐集資料寫作，一直到他在整個過程中有了什麼樣的發現……等娓娓道來，流暢易讀，但是並不易記，基本上是一部講述人類如何發現及探測宇宙的歷史，包括了各種不同學科背景的科學家所進行的各種實驗。本書名曰「簡史」，但其實有如《槍砲、病菌與鋼鐵》一樣，無論在寫作視野或字數上，都是龐大的鉅著，閒暇之餘值得再三捧讀，但可能不是一朝一夕即可閱畢的書籍。

表一：「兒童獎」歷屆得主（1988-2009）

年度	書名	作者
1988	《活科學：有生之物》（*Science Alive: Living Things*）	凱洛德（Roger Kerrod）
1989	《事物如何運作》（*The Way Things Work*）	麥考利（David Macauley）與阿德里（Neil Ardley）
1990	1. 十四歲以下：《起點科學系列》（*Starting Point Science Series*） 2. 八歲以下：《太空的大書》（*The Giant Book of Space*）	1. 梅斯（Susan Mayes） 2. 立德帕斯（Ian Ridpath）
1991	《細胞是我們與細胞戰爭》（*Cells Are Us and Cell Wars*）	波克威爾（Fran Balkwill）與羅爾夫（Mic Rolph）
1992	《黃瓜三明治的驚人之旅》（*The Amazing Voyage of the Cucumber Sandwich*）	羅恩（Peter Rowan）
1993	《偉大的微生物》（*Mighty Microbes*）	雅德里（Thompson Yardley）

1994	1. 《見證指南：演化》（*Eyewitness Guide: Evolution*） 2. 《氣象科學》（*Science with Weather*） 3. 《最後恐龍》（*The Ultimate Dinosaur Boo*）	1. 甘姆林（Linda Gamlin） 2. 黑德（Rebecca Heddle）與希普頓（Paul Shipton） 3. 蘭伯特（David Lambert）
1995	《最驚奇的立體科學書》（*The Most Amazing Pop-Up Science Book*）	楊（Jay Young）
1996	《氣象世界》（*The World of Weather*）	美納德（Chris Maynard）
1997	《可怕科學系列》（*Horrible Science Series: Blood Bones and Body Bits and Ugly Bugs*）	阿諾德（Nick Arnold）
1998	《金飛雪出版社海洋之書》（*The Kingfisher Book of Oceans*）	蘭伯特（David Lambert）
1999	《奧斯本出版社顯微鏡全書》（*The Usborne Complete Book of the Microscope*）	羅傑斯（Kirsteen Rogers）
2000	《DK 出版社太空指南》（*DK Guide to Space*）	龐德（Peter Bond）
2001	《DK 出版社氣象指南》（*The DK Guide to Weather*）	阿樂比（Michael Allaby）
2002	《DK 出版社人體指南》（*DK Guide to the Human Body*）	渥克（Richard Walker）

2003	《DK 出版社海洋指南》（*The DK Guide to the Oceans*）	迪帕爾（Frances Dipper）
2004	《噁心的實驗》（*Really Rotten Experiments*）	阿諾德（Nick Arnold）與迪索勒斯（Tony De Saulles）
2005	《是什麼讓我成為我？》（*What Makes Me, Me?*）	溫斯頓爵士（Lord Robert Winston）
2006	《全球花園》（*Global Garden*）	富萊區（Corina Fletcher）、麥佐士（Jennie Maizels）與派蒂（Kate Petty）
2007	《你能感受重力嗎？》（*Can You Feel the Force?*）	漢蒙德（Richard Hammond）
2008	《60 創意科學遊戲》（*Big Book of Science Things to Make and Do*：小天下）	吉爾平（Rebecca Gilpin）與普瑞特（Leonie Pratt）
2009	從缺	

表二：「一般獎」歷屆得主（1988-2009）

年度	書名	作者
1988	《英國醫學協會科學委員會的活在危機下》（*Living with Risk by the British Medical Association Board of Science*）	英國醫學協會
1989	《爭論骨架》（*Bones of Contention*）	列溫（Roger Lewin）
1990	《國王的新腦》（*The Emperor's New Mind*）	潘羅斯（Roger Penrose）
1991	《美好生活》（*Wonderful Life*）	古德（Stephen J. Gould）
1992	《第三猿猴興衰史》（*The Rise and Fall of the Third Chimpanzee*）	戴爾德（Jared Diamond）
1993	《製造記憶》（*The Making of Memory*）	羅斯（Steven Rose）
1994	《基因的語言》（*The Language of the Genes*）	瓊斯（Steve Jones）
1995	《消費者的良好化學指南》（*The Consumer's Good Chemical Guide*）	恩姆斯立（John Emsley）

1996	《瘟疫的進展》（*Plague's Progress*）	卡爾倫（Arno Karlen）
1997	《骨骼的智慧》（*The Wisdom of Bones*）	渥克（Alan Walker）與希普曼（Pat Shipman）
1998	《槍砲、病菌與鋼鐵》（*Guns, Germs and Steel*：時報）	戴蒙德（Jared Diamond）
1999	《數字愛人》（*The Man Who Loved Only Numbers*：台灣商務）	霍夫曼（Paul Hoffman）
2000	《優雅的宇宙》（*The Elegant Universe*）	葛林（Brian Greene）
2001	《探索深處》（*Mapping the Deep*）	肯紀格（Robert Kunzig）
2002	《核桃裡的宇宙》（*The Universe in a Nutshell*：大塊）	霍金（Stephen Hawking）
2003	《左右手：大腦、身體、原子和文化對稱性的起源》（*Right Hand, Left Hand: The Origins of Asymmetry in Brains, Bodies, Atoms and Cultures*）	麥可馬耐斯（Chris McManus）
2004	《萬物簡史》（*A Short History of Nearly Everything*：時報）	布萊森（Bill Bryson）

2005	《重要的多數：一件事如何導致另一件事》（*Critical Mass: How One Thing Leads to Another*）	波爾（Philip Ball）
2006	《電子宇宙：電力如何啟動現代世界》（*Electric Universe: How Electricity Switch on the Modern World*）	波達尼斯（David Bodanis）
2007	《與幸福邂逅》（*Stumbling on Happiness*）	吉爾伯特（Daniel Gilbert）
2008	《六度：變熱星球的未來》（*Six Degrees: Our Future on a Hotter Planet*）	萊納斯（Mark Lynas）
2009	《驚異的年代》（*The Age of Wonder*）	霍姆斯（Richard Holmes）

非小說類的文學獎

小說VS.非小說

在英國的文學出版市場中，小說一向佔有相當的優勢，但是自從卡波提（Truman Capote）的《冷血》（*In Cold Blood*：書評書目、遠流）在一九五九年出版之後，具有原創性的非小說類作品終於受到了廣大讀者的注意。《冷血》講述的是一樁美國家庭被謀害的真實案件，作者的文字風格和寫作技巧使本書成為一部動人心弦的調查報導。

經過了半世紀的歷練與創新，今天英國的非小說類文學作品早已出現驚人的成長，無論是在質、量、類型……等各方面，幾乎都已和小說等量齊觀，雖然對於大多數揚威國際的暢銷小說而言，其銷售成績仍使非小說家瞠目結舌，但是一部非小說作品在英國成為暢銷書的機率，實際上卻比小說還要大得多！

因此最近幾年內，重量級的非小說類暢銷作家一再崛起文壇，例如專門寫歷史著作的夏瑪（Simon Schama）、精於傳記書寫的湯瑪林（Claire Tomalin）、擅長遊記寫作的培林（Michael Palin）與布萊森（Bill Bryson）……等，愛書人對這幾位作者的新書望眼欲穿，期待的程度簡直不下於對當紅小說家的引頸企盼。

不過就文學獎而論，非小說類文學獎比起各種小說文學獎來，還是比較容易被媒體忽略。山姆爾．強森非小說獎雖是英國境內重要的文學大獎，和柑橘小說獎互做比較的話，兩者揭曉的時間非常相近，最後得主的獎金額度也旗鼓相當，都是三萬英鎊，而且山姆爾．強森獎比柑橘獎還多了一個特點，也就是每一部入圍名單的決選作品，均可獲頒二千五百英鎊的獎勵，使本獎的總金額高達四萬英鎊，可是一般讀者對柑橘小說獎耳熟能詳，對山姆爾．強森非小說獎卻所知無多，為什麼呢？

山姆爾．強森獎

首先，可能因為非小說創作的類別繁雜，使之在文學界受到了某種程度的誤解或歧視——所謂「非小說」，除了包括在文學圈行之有年的歷史、傳記和遊記之外，通常也包括參考書、教科書甚至工具書在內，使「非小說」往往被認為不具備文學創造性的書寫型態。這當然是一種偏見，尤其今天的文學體例日益繁複，許多小說刻意藉用史實強調可信度，非小說的敘事手法則採用小說的架構增加可讀性，同時不僅多位非小說作者開始跨行寫小說，無數小說家也紛紛執筆寫起非小說作品，可見「小說」和「非小說」的界線有時候可以變得相當模糊，一部作品文學價值的高低，端視作者的功力而定，絕非類別的標籤所能界定。

其次，山姆爾．強森獎的前身是ＮＣＲ非小說獎，ＮＣＲ曾經爆發過評審委員找人代讀參選作品的醜聞，而且當時的主辦單位也不特別強制評審委員必須讀完所有的入圍作品後再予以表決，導致ＮＣＲ非小說獎聲名狼藉，最後並於一九九七年結束作業——這段不風光的往事，想必是媒體對重新出發的山姆爾．強森非小說獎暫抱保留態度的原因之一。

其實，自從一九九八年底找到新的匿名捐款人之後，英國廣播協會（簡稱ＢＢＣ）接手主辦山姆爾．強森非小說獎，已經很快在書評人和出版業界建立起良好的聲譽。山姆爾．強森（Samuel Johnson, 1709-1784）是英國十七世紀著名的評論家、詩人、傳記家、論文家兼字典家，因此新的非小說大獎以文學巨人強森為名，用意便是要提升非小說創作的文學素質，鼓勵作家不斷突破非小說文學的寫作範疇，明文規定無論作者的國籍為何，舉凡用英文在英國出版的非小說著作均可參加選拔，包括時事、歷史、政治、科學、體育、旅遊、傳記、自傳與藝術類在內。評審團首先在四月間公佈一張包括二十部作品的初選名單，接著在五月間選出五部作品進入決選名單，最後的得主則於六月公佈。

近幾年來由於ＢＢＣ大幅拓展數位電視頻道，從二〇〇五年起，凡進入本獎決選名單的作品已開始在ＢＢＣ第四台（ＢＢＣ４）獲得介紹與評論，頒獎晚宴也於ＢＢＣ４現場轉播，提高了獎項的曝光率。如果將來的得獎作品能夠繼續保持高水準的創作素質，公平、公開的評選過程也能更強調專業化，並持續受到媒體和大眾的信賴的話，那麼山姆爾．強森獎在英國文學市場所佔有的地位，無疑會日益提升，有朝一日或許終將打破「非小說」與「小說」不相容的錯誤迷思吧？

歷屆得主

以體例觀之，山姆爾．強森非小說獎得獎作品主要分佈在歷史、傳記和政治等三個類別之間，雖然有些歷史作品具有強烈的政治內涵，有些傳記的對象則是音樂家，所以或許也可以看成與藝術類創作有所關聯，但從附表的資料中概括分析，雖然本獎從九個不同的非小說類別徵選著述，但傳記和歷史顯然仍是得獎作品的主流，而富有政治性意義的報導文學也在近年來迎頭趕上，例如二〇〇四年得獎的《員警帝國》（*Stasiland: Stories from Behind the Berlin Wall*），探討東德時代祕密警察的運作和影響，以及二〇〇七年奪魁的《翡翠城市帝王生活》（*Imperial Life in the Emerald City*），描述巴格達美軍佔領區內有如沙漠綠洲般奇異的營地現況。

附表：山姆爾．強森非小說獎歷屆得主（1999-2009）

年度	**書名**	**作者**	**體例**
1999	《史達林格勒》（*Stalingrad*）	比佛（Antony Beevor）	歷史
2000	《白遼士第二集》（*Berlioz Volume 2: Servitude and Greatness*）	凱恩斯（David Cairns）	傳記
2001	《第三帝國》（*The Third Reich: A New History*）	柏利（Michael Burleigh）	歷史

2002	《和平製造者》（*Peacemakers: The Paris Peace Conference of 1919*）	麥克米蘭（Margaret Macmillan）	歷史
2003	《普希金傳記》（*Pushkin: A Biography*）	賓楊（T. J. Binyon）	傳記
2004	《員警帝國》（*Stasiland: Stories from Behind the Berlin Wall*）	芳德（Anna Funder）	政治
2005	《像隻火象》（*Like a Fiery Elephant: The Story of B. S. Johnson*）	強納森．寇（Jonathan Coe）	傳記
2006	《一五九九：莎士比亞生命中的一年》（*1599: A Year in the Life of William Shakespeare*）	莎碧羅（James Shapiro）	傳記
2007	《翡翠城市帝王生活》（*Imperial Life in the Emerald City*）	強德拉史卡蘭（Rajiv Chandrasekaran）	政治
2008	《威卻爾先生懸案》（*The Suspicions of Mr Whicher Or The Murder at Road Hill House*）	山姆爾斯卡爾（Kate Summerscale）	歷史
2009	《人鯨之間》（*Leviathan*）	霍爾（Philip Hoare）	自然科學與歷史

一九九九年獲獎的《史達林格勒》（*Stalingrad*），以一九四一年至一九四三年的史達林格勒戰役為主題，作者比佛（Antony Beevor）藉用大量的史料再現此一戰役的殘酷，分析希特勒（Adolf Hitler, 1889-1945）與史達林（Joseph Stalin, 1879-1953）在這場激烈的對決中，後者如何取得最後的勝利，使納粹軍隊在史達林格勒的慘敗，成為盟軍在第二次世界大戰中反敗為勝的關鍵性戰役。

作者所下的研究苦功無可懷疑，不過本書之能在各種非小說論述中脫穎而出，主要是比佛能夠把這段驚心動魄的歷史講得神龍活現，使讀者沒有強記教科書的感覺，反而像是沉浸在偉大的史詩裡。史達林格勒戰役造成二六〇〇萬俄羅斯民眾的喪生，一位身陷其中的軍官在一九四二年十月曾寫道：「史達林格勒早已不是一座城市，……連動物都想逃離這個人間煉獄，最堅硬的石塊也已被炸得灰飛煙滅，只有人類繼續頑強地忍受下去。」戰況的恐怖令人思之不寒而慄；但如果紅軍未能擋住納粹的攻擊而讓史達林格勒淪陷希特勒手中，後果恐怕更是不堪設想！這便是本書使人思之再三的魅力。

二〇〇〇年的《白遼士第二集》（*Berlioz Volume II: Servitude and Greatness*），接續凱恩斯（David Cairns）在一九八九年出版的《白遼士第一集》，從音樂大師一八三三年的婚姻寫起，描述這位浪漫時期首屈一指的法國作曲家、指揮家、樂評家兼作家，如何終其一生窮困潦倒，音樂創作又如何在法國本地備受詆毀，但在個人悲劇的一再打擊中，白遼士如何寫出《安魂曲》（*Requiem*）、《羅密歐與茱麗葉》（*Romeo and Juliet*）和《特洛伊人》（*The Trojans*）等動人樂章。

二〇〇一年的《第三帝國》（*The Third Reich: A New History*），又是一部以二次大戰為背景的歷史鉅著，將納粹德國置於歐洲政治的大環境中，探討為何一個半宗教式的狂熱運動，在希特勒的煽動與帶領下，最後會導致第三帝國的興起，終於釀成全球性的滔天大禍？

無可諱言，人類渴望能夠指認邪惡、量化邪惡，進而了解並克服邪惡，而希特勒恐怕是二十世紀被舉世公認最邪惡的人，因此二次大戰結束迄今，有關納粹和希特勒的研究簡直源源不絕、不勝枚舉！但本書作者柏利（Michael Burleigh）卻指出，邪惡往往不是黑白分明的事，倘使沒有德國人民的認同與擁護，納粹集團不可能快速竄起，成為強大的領導中心，因此德國人全體對二戰的浩劫都負有連帶責任，但我們也絕不可能把每個德國民眾都醜化為「邪惡」來看待，因此《第三帝國》便是企圖透過對史實的抽絲剝繭，逐步分析一個國家走向極端的始末。

至於二〇〇一年雀屏中選的《和平製造者》（*Peacemakers: The Paris Peace Conference of 1919*），選材上有點像是《第三帝國》的序曲，將焦點放在第一次世界大戰之後，一九一九年於巴黎召開長達六個月的和平會談。當時全球各界只要是具有一點兒份量的男女，幾乎全部齊集巴黎，討論的議題從女權運動到亞美尼亞的獨立……等，不一而足，可是也正因各國的明爭暗鬥、政治人物的勾心鬥角，以及國際局勢本身的詭譎萬變，這群和平製造者們終於無法維持世界和平，他們不僅將俄羅斯、中國和中東問題推向邊陲，會議本身亟欲公正處理的戰敗國問題也無法達成共識，反而為第二次世界大戰埋下了種種伏筆。

摘下二〇〇三年桂冠的《普希金傳記》（*Pushkin: A Biography*），不但寫活了俄羅斯浪漫詩人普希金（Alexander Sergeyevich Pushkin, 1799-1837），也寫活了十九世紀的俄羅斯社會，從青年普希金的反叛時期追溯到作家的聲譽如日中天，賓楊（T. J. Binyon）精采呈現了普希金一生的重要經歷如何影響他的創作才能，令人讀來津津有味。

二〇〇四年封后的《員警帝國》是安娜．芳德（Anna Funder）的處女作，就在柏林圍牆倒塌之後，她藉由對東德人民的實地訪談，一點一滴拼湊出冷戰期間東德社會的面貌，以及活在這樣一個員警帝國之下的人民心聲。

二〇〇五年得主強納森・寇（Jonathan Coe）的寫作經歷恰和芳德形成對比，出生於一九六一年的強納森・寇是英國成名的小說家、傳記家兼評論家，他的得獎作品《像隻火象》（*Like a Fiery Elephant: The Story of B. S. Johnson*），描寫的對象是另一位英國作家——B・S・強森（B. S. Johnson）。

強森是一九六〇暨一九七〇年代間，英國最著名的年輕小說家之一，熱烈提倡前衛文學和電影，並且身體力行，他的前衛性出版中，包括在書籍中央挖了一個洞的小說，也曾出版過盒裝的未裝訂書，以便讓讀者隨興決定章節的順序。不過，強森在世時雖曾是英國媒體界的寵兒，就在他聲譽日隆之際，困擾了他一輩子的憂鬱症卻戰勝了他的理智，於一九七三年十一月自殺身亡，享年僅四十歲。

二〇〇六年獎落《一五九九：莎士比亞生命中的一年》（*1599: A Year in the Life of William Shakespeare*），作者莎碧羅（James Shapiro）坦承，本書的靈感來自兩個經驗，其一是觀賞了一九九八年奧斯卡得獎電影《莎翁情史》（*Shakespeare in Love*），令他相當感動；其二是讀了著名莎翁學者雅維斯（Simon Jarvis）的一篇書評，慨嘆一部又一部鉅細靡遺的傳統傳記簡直枯燥得令人麻木，疾呼是否有人可以寫本只談「局部」人生的作品？——於是莎碧羅花了將近十年的時間研究一五九九年，只從莎翁生命中的一年來看他的一生與英國社會。

一五九九年，莎士比亞（1564-1616）剛滿三十五歲，就在這一年間，他一口氣完成了《亨利五世》（*Henry V*）、《凱薩大帝》（*Julius Caesar*）和《如願》（*As You Like It*）等數個劇本，並寫出了四大悲劇之一《哈姆雷特》（*Hamlet*）的第一稿草稿。如果說《莎翁情史》電影以豐富的想像力，向觀眾述說莎士比亞如何獲得撰寫《羅密歐與茱麗葉》（*Romeo and Juliet*）的靈思，那麼莎碧羅的《一五九九》便是意在向讀者傳達，莎士比亞究竟如何從《羅密歐與茱麗葉》的階段走向《哈姆雷特》的境界，是什麼因素使一個具有天份的劇作家躍升到天才的等級，直至成為今天世人口中的「莎翁」，一個永垂不朽的偉大作者？

多數研究莎翁的學者都同意，一五九九年是莎士比亞劇作生涯的轉捩點，而莎碧羅將莎士比亞的作品與那一年發生在他私人生活、英國社會與政治性的事件做了連結，包括環球劇場（Globe Theatre）的建立，以及英格蘭與愛爾蘭的戰爭等，向讀者展現劇作家心靈遭受何種深遠的影響，以及如何發揮繆思的極致，在劇作中深入處理這些扣人心弦的議題，終於使《一五九九》難能可貴地達到由小見大的目的，不僅反映出莎翁生活的時代背景，更使讀者在無形中體會到莎翁作品恆久的價值。

二〇〇七年脫穎而出的《翡翠城市帝王生活》，作者強德拉史卡蘭（Rajiv Chandrasekaran）曾任《華盛頓郵報》（*The Washington Post*）駐巴格達分部主任，深入美軍在巴格達所建立的綠色禁區（Green Zone），向讀者揭露美軍如何在長驅直入巴格達之後，以高牆、鐵絲網、巨大植物等，架設出一塊與戰爭隔絕的「沙漠綠洲」，做為美軍在伊拉克的指揮總部，總部中建有豪華別墅、清澈透明的游泳池和各種娛樂設施，與牆外仍在進行血淋淋的戰事和幾成廢墟的巴格達城市相較，成為既鮮明又詭異的對比。

許多評論人認為本書的獲獎，可能與當前世界各地不斷醞釀中的反伊拉克戰爭思潮有關，正如多麗斯．萊辛（Doris Lessing）獲頒二〇〇七年諾貝爾文學獎時，某些論者也因萊辛的反戰立場而表示該獎具有政治意味。姑且不論此一推測是否屬實，山姆爾．強森獎項的評審委員將《翡翠城市帝王生活》與卡波提的《冷血》相提並論，強調《翡》書是過去半個世紀來最傑出的報導文學之一，並指出作者冷靜、客觀、疏離的寫作手法，更加深了本書的可信度與震撼力。

透過數百個現場訪問與內部文件，強德拉史卡蘭將不為外界所知的美軍佔領區現況生動地帶到世人眼前，使讀者對戰爭的荒謬、怪誕與殘酷有了更深刻的了解。伊拉克仍在上演中的悲劇，其實是二十一世紀整個國際政治的悲劇。

諾貝爾文學獎

諾貝爾文學獎是文學圈至高無上的榮耀，也是全世界歷史最悠久，並且沒有國籍、語言和創作種類等任何限制，包容性最大的文學獎項。有朝一日獲得諾貝爾文學獎的肯定，恐怕是每一位筆耕一世的作家內心深處最密而不宣、可望而不可及的夢想。

起源

諾貝爾獎的設立是瑞典化學家阿弗列德．諾貝爾（Alfred Nobel, 1833-1896）的遺志。這位出身貧困的化學奇才早年飄蕩，為了謀生而足跡遍及聖彼得堡、巴黎、義大利、德國及美國，就在家庭事業剛開始有點起色的時候，卻又因克里米亞戰爭（The Crimean War, 1853-1856）的爆發而導致破產！不過諾貝爾為了開發新產品鍥而不捨，不斷進行實驗，最後終於發明炸藥，取得專利權，進而在世界各地二十多個國家建立分公司和實驗室，累積龐大的財富。

諾貝爾精通多國語言，一生未婚，將自己所有的心力和時間都投注於鑽研如何使炸藥更安全的設計上。工作之餘，他最大的嗜好是讀書和寫信，他的私人圖書館收藏有一千五百冊以上的書籍，多為原文小說、十九世紀偉大作家的創作、古典作品，以及哲學家、神學家、歷史學家和其他科學家的思想結晶等，同時當他定居巴黎的期間，也曾和當時法國文學界的名流保持相當程度的交誼，其中包括我們今天耳熟能詳的雨果（Victor Hugo, 1802-1885）和莫泊桑（Guy de Maupassant, 1850-1893）等小說家。

此外，諾貝爾還受到了和平鬥士沙特納（Bertha von Suttner, 1843-1914）深遠的影響。沙特納在婚前曾經擔任諾貝爾的私人秘書，雖然她很快就離開這個職務，致力於和平的追求，但卻和諾貝爾保持了密切的魚雁往返。無疑地，諾貝爾對於他的炸藥事業感到深刻的矛盾，畢竟，他的終極心願是對人類文明做出正面的貢獻，而非破壞與毀滅！於是當諾貝爾在一八九五年十一月二十七日簽署了生前最後一封遺囑時，他表明希望將所有因炸藥而聚集的資產奉獻出來，成立諾貝爾獎，以求表揚人類智慧在物理、化學、醫藥、文學及促進世界和平上的重大成就，當是他終生宏願的體現。

諾貝爾於一八九六年十二月十日去世，諾貝爾獎於一九〇一年起，由瑞典皇家學院（The Swedish Academy）主持開辦，並在一九六八年時增設經濟學獎。目前每一類獎項的金額各為一百三十萬美元，得獎人除了獎金之外，還可獲得金牌一面和得獎證書一紙，於每年十二月十日在斯德哥爾摩音樂廳（Stockholm Concert Hall）公開頒獎。

評選過程

每一個諾貝爾獎單項的評選方式皆不相同，不過整體而言，獎項的提名、評審及投票過程全都是「黑箱作業」，只有最後結果才對外公開，甚至在頒獎之後，相關的討論內容都仍視為最高機密，必須等到五十年後才有被披露的可能。

原則上說來，任何作家不分創作語言和文化背景，都有獲得提名諾貝爾文學獎的機會，不過提名人本身的來頭卻很重要，他們必須是瑞典皇家學院的院士，或者是來自其他國家，具有類似目的和地位的機構成員、各大學院校的文學教授、前諾貝爾文學獎得主，或者是各國具有代表性的作家協會會長等，才有向諾貝爾委員會推薦考慮人選的資格。

諾貝爾委員會於每年二月一日展開準備作業，因此所有的提名最晚應在二月一日以前送達委員會的手中。之後，各個獎項的獨立委員會便開始了篩選過程，並於同年秋天（約莫十月份左右）將他們的協議名單推薦給瑞典皇家學院投票表決。不過，即使當諾貝爾委員會一致達成了某種共識，這個決議仍有可能被否定，畢竟瑞典皇家學院才是諾貝爾獎獎落誰家最後的裁奪者。得獎人最晚在十一月十五日以前就會獲得通知，不過正式的頒獎儀式卻要等到十二月十日——諾貝爾的忌日——才會隆重舉行。

思潮蛻變與歷屆得主

一百多年來，諾貝爾文學獎的桂冠曾經為無數大師錦上添花，也曾使多位默默無聞的作家一夜成名。批評者以為瑞典皇家學院老態龍鍾，對於所謂「文學成就」的定義跳脫不出古典主義和理想主義的框架，難怪獎項的授予越來越跟不上時代潮流；但支持者卻認為所謂「時代潮流」本身即是一個可議的概念，諾貝爾文學獎所要激勵的對象，本應是最能夠經得起時代考驗的作家與作品，與短暫風行的潮流無關。

其實，諾貝爾文學獎重視的固然是歷久彌新的文學價值，每一個世代的評審團在選擇的標準上仍有差異，而由這種世代交替緩慢而微妙的變遷中，多少還是反映出了某種文學思潮的遞嬗。

此外，正因諾貝爾文學獎對「文學成就」的堅持，大多數的文人都是累積了接近一輩子的創作產量後，才有機會受到委員會的青睞，因此諾貝爾文學獎也可被視為國際文壇的「終生成就獎」，儘管不至於到替作家蓋棺論定的程度，但許多桂冠得主都是在步入晚年時才捧得到這個夢寐以求的獎牌！歷年來最年輕的得獎人是英國作家吉卜林（Rudyard Kipling, 1865-1936），一九〇七年獲獎時年僅四十二歲，實屬難能可貴。

㈠一九〇一－一九一〇年

諾貝爾文學獎最初十年，瑞典皇家學院認為秉承諾貝爾的遺旨，對於作家成就的評量，絕不應僅限於其文學價值，更要顧及作家對於人性的掙扎及對完美的追求所做出的長遠貢獻，易言之，桂冠得主必須在作品上和人格上都具有理想主義的高尚情操，才能夠算得上資格。於是在這樣的信念下，第一屆的諾貝爾文學獎是由法國詩人普呂多姆（René Sully Prudhomme, 1839-1907）榮登寶座，而非舉世聞名的俄國小說家托爾斯泰（Leo Tolstoy, 1828-1910），因為諾貝爾委員會相信，《戰爭與和平》（*War and Peace*）固是傳世的傑作，但托爾斯泰一方面在其他作品中不斷詆毀宗教、國家乃至私人財產，一方面卻又不能身體力行自己宣揚的理念，故乃決定將之排除於最後的推薦名單中。

表一：諾貝爾獎歷屆得主（1901-1910）

年份	作家	國籍	代表作
1901	普呂多姆（René Sully Prudhomme, 1839-1907）	法國	詩集《Stances et Poùmes》
1902	蒙森（Theodor Mommsen, 1817-1903）	德國	論述《羅馬史》（History of Rome）
1903	比昂遜（Bjørnstierne Bjørnson, 1832-1910）	挪威	詩集《En hanske》

1904	1. 米斯特拉爾（Frédéric Mistral, 1830-1914） 2. 埃切加賴（José Echegaray, 1832-1916）	1. 法國 2. 西班牙	1. 詩集《Lou pouèmo dóu rose》 2. 劇本《復仇者之妻》（*The Avenger's Wife*）
1905	顯克微支（Henryk Sienkiewicz, 1846-1916）	波蘭	小說三部曲：《With Fire and Sword》，《The Deluge》和《Pan Michael》。
1906	卡度基（Glosuù Carducci, 1835-1907）	義大利	詩集《The Barbarian Odes》
1907	吉卜林（Rudyard Kipling, 1865-1936）	英國	小說《森林王子》（*The Jungle Books*）及詩集
1908	攸肯（Rudolf Eucken, 1846- 1926）	德國	論述《心靈哲學入門》（*Introduction to a Philosophy of the Mind*）
1909	拉格洛夫（Selma Lagerlöf, 1858-1940），第一位女得主	瑞典	小說《The Girl from the Marsh Croft》
1910	海塞（Paul Heyse, 1830- 1914）	德國	小說《Salamander》

㈡第一次世界大戰

隨著世界局勢的變化，瑞典皇家學院在接下來的十年中對選擇及思考的方向開始做出了謹慎的調整，結果在一九一三年時，這項大獎終於首度頒給了非歐洲國家的作者——印度詩人泰戈爾（Rabindranath Tagore, 1861-1941）。此外，諾貝爾委員會的內部檔案也顯示，當時已有皇家院士注意到：「應著重於對偉大

表二：諾貝爾獎歷屆得主（1911-1919）

年份	作家	國籍	代表作
1911	梅特林克（Maurice Maeterlinck, 1862-1949）	比利時	劇本《Aglavaine et Sélysette》
1912	豪普特曼（Gerhart Hauptmann, 1862-1946）	德國	劇本《The Assumption of Hannele》及《The Sunken Bell》
1913	泰戈爾（Rabindranath Tagore, 1861-1941）	印度	《漂鳥集》等詩集
1914	從缺		

1914	從缺		
1915	羅曼羅蘭（Romain Rolland, 1866-1944）	法國	小說《約翰．克里斯朵夫》（*Jean-Christophe*）
1916	海頓斯坦（Verner von Heidenstam, 1859-1940）	瑞典	《新詩集》（*New Poems*）
1917	1. 吉雷拉普（Karl Gjellerup, 1857-1919） 2. 龐多皮登（Henrik Pontoppidan, 1857-1943）	1. 丹麥 2. 丹麥	1. 劇本《聖人之妻》（*The Wife of the Perfect One*） 2. 小說《允諾之地》（*The Promised Land*）
1918	從缺		
1919	史必特勒（Carl Spitteler, 1845-1924）	瑞士	史詩《奧林匹亞之春》（*Olympian Spring*）

天份的發掘，而不一定非得等到這些天份早已成為家喻戶曉的人物之後，再回頭給予肯定。」可惜第一次世界大戰的爆發，使這個方剛萌芽的念頭戛然而止，轉向了「文學中立」的思考模式，因此我們發現這段期間的桂冠得主多來自戰爭圈外的小型國族，尤其是北歐的斯堪地納維亞文學（Scandinavia literatures），在這段期間往往享有格外的優勢。

㈢一九二〇－一九二九年

瑞典皇家學院和歐洲大陸在這段時期的美學觀，悄悄移向了新古典主義，欣賞「偉大的風格」（The Grand Style），並將諾貝爾的「理想主義」詮釋為對「廣泛人性」的探討，從而開始接納十九世紀的寫實主義。換句話說，如果托爾斯泰此時死而復生，必定能夠得獎！

不過，瑞典皇家學院雖然放寬了早期對所謂「文學成就」的視野，其對「偉大風格」的一再強調，仍使諾貝爾文學獎和歐洲一九二〇年代逐漸興起的新文學產生了相當的差距。

表三：諾貝爾獎歷屆得主（1920-1929）

年份	作家	國籍	代表作
1920	哈姆生（Knut Hamsun, 1859-1952）	挪威	小說《Growth of the Soil》
1921	法朗士（Anatole France, 1844-1924）	法國	小說《At the Sign of the Reine Pédauque》

1922	馬丁內斯（Jacinto Benavente Martinez, 1866- 1954）	西班牙	劇本《The Belt of Stars》
1923	葉慈（William Butler Yeats, 1865-1939）	愛爾蘭	詩集《心所嚮往的地方》（*The Land of Heart's Desire*）
1924	雷蒙特（Wladyslaw S. Reymont, 1867-1925）	波蘭	小說《農夫》（*The Peasants*）
1925	蕭伯納（George Bernard Shaw, 1856-1950）	英國	劇本《Saint Joan》
1926	黛麗達（Grazia Deledda, 1871-1936），第二位女得主	義大利	小說《灰燼》（*Ashes*）
1927	伯格森（Henri Bergson, 1859-1941）	法國	論述《創造性演化論》（*Creative Evolution*）
1928	溫塞特（Sigrid Undset, 1882-1949），第三位女得主	挪威	小說《Olav Audunssøn》
1929	湯瑪斯・曼（Thomas Mann, 1875-1955）	德國	小說《布頓柏魯克世家》（*Buddenbrooks*）

(四)一九三〇—一九四五年

一九三〇年代的瑞典皇家學院特別重視文學創作的普及性，因為他們相信諾貝爾獎的終極關懷是要表彰個人對社會貢獻的極致，因此截至這個階段為止，諾貝爾文學獎幾乎將現代詩完全摒除在外，正是由於現代詩的複雜性使它被皇家學院視為一種「曖昧、神祕、困難的文體，訴求的對象非常有限」所致。雖然在這段期間仍有一兩位寫作技巧以前衛著名的作家獲獎，例如皮藍德婁（Luigi Pirandello, 1867-1936）和歐尼爾（Eugene O'Neill, 1888-1953），但更多的桂冠作者卻是以作品「能夠打動普羅大眾」而蒙獲皇家學院的青睞，例如專門以中國社會為寫作題材的美國女小說家賽珍珠（Peal Buck, 1892-1973）等。

此外我們也發現，做為一個新崛起的國際勢力，美國新大陸的作家與作品，終於也在這個時期開始受到了諾貝爾文學獎的注意。

表四：諾貝爾獎歷屆得主（1930-1945）

年份	作家	國籍	代表作
1930	路易士（Sinclair Lewis, 1885- 1951）	美國	小說《大街》（*Main Street*）和《製箭人》（*Arrowsmith*）
1931	卡爾菲爾特（Erik Axel Karlfeldt, 1864-1931）	瑞典	詩集
1932	高斯華茲（John Galsworthy, 1867-1933）	英國	小說《佛塞特世家》（*The Forsyte Saga*）
1933	布寧（Ivan Bunin, 1870-1953）	俄國，被放逐後定居法國	小說《來自舊金山的紳士》（*The Gentleman from San Francisco*）
1934	皮藍德婁（Luigi Pirandello, 1867-1936）	義大利	小說《Novelle per un anno》
1935	從缺		
1936	歐尼爾（Eugene O'Neill, 1888-1953）	美國	劇本《Mourning Becomes Electra》
1937	杜佳德（Roger Martin du Gard, 1881-1958）	法國	小說《Les Thibault》

1938	賽珍珠（Pearl Buck, 1892-1973），第四位女得主	美國	小說《大地》（*The Good Earth*）三部曲
1939	西蘭帕（Frans Eemil Sillanpää , 1888-1964）	芬蘭	小說《女僕席爾佳》（*The Maid Silja*）
1940-1943	從缺		
1944	詹森（Johannes V. Jensen, 1873-1950）	丹麥	小說《漫長旅途》（*The Long Journey*）
1945	蜜絲特拉爾（Gabriela Mistral, 1889-1957），第五位女得主	智利	詩集

㈤戰後時代

第二次世界大戰宣告結束之後的這段期間，諾貝爾文學獎得主和戰前的風格出現了最明顯的差異——無論是在文學界或思想界具有先鋒地位的寫手，都在戰後時代忽然躍升為瑞典皇家學院矚目的對象，於是寫作手法走在時代尖端的赫塞（Hermann Hesse, 1877-1962）、紀德（André Gide, 1869-1951）、艾略特（T. S. Eliot, 1888-1965）及福克納（William Faulkner, 1897-1962）等人，先後在一九四六至一九四九年期間獲獎，象徵了「創新」世紀的到來！

表五：諾貝爾獎歷屆得主（1946-1969）

年份	作家	國籍	代表作
1946	赫塞（Hermann Hesse, 1877- 1962）	瑞士	小說《流浪者之歌》
1947	紀德（André Gide, 1869-1951）	法國	小說《窄門》（*Strait Is the Gate*）和詩《地糧》（*Fruits of the Earth*）
1948	艾略特（Thomas Stearns Eliot, 1888-1965）	英國	詩《荒原》（*The Waste Land*）
1949	福克納（William Faulkner, 1897-1962）	美國	小說《聲音與憤怒》（*The Sound and the Fury*）
1950	羅素（Bertrand Russell, 1872-1970）	英國	論述《西洋哲學史》（*History of Western Philosophy*）和《人類知識》（*Human Knowledge*）
1951	拉格維斯特（Pär Fabian Lagerkvist, 1891-1974）	瑞典	詩《心靈之歌》（*Songs from the Heart*）
1952	莫里亞克（François Mauriac, 1885- 1970）	法國	小說《愛的沙漠》（*The Desert of Love*）
1953	邱吉爾（Winston Churchill, 1874- 1965）	英國	論述《二次世界大戰史》（*The History of Second World War*）

1954	海明威（Ernest Hemingway, 1899- 1961）	美國	小說《老人與海》（*The Old Man and the Sea*）
1955	拉克斯尼斯（Halldór Kiljan Laxness, 1902-1998）	冰島	小說《世界之光》（*The Light of the World*）
1956	希梅尼斯（Juan Ramón Jiménez, 1902-1998）	西班牙	詩集《深度動物》（*Animal of Depth*）
1957	卡謬（Albert Camus, 1913-1960）	法國	小說《瘟疫》（*The Plague*）
1958	巴斯特納克（Boris Pasternak, 1890-1960）	蘇聯	詩集
1959	瓜西莫多（Salvatore Quasimodo, 1901-1968）	義大利	詩集《無與倫比的大地》（*The Incomparable Earth*）
1960	佩斯波爾斯（Saint-John Perse,1887- 1975）	法國	詩集《年鑑》（*Chronicle*）
1961	安德利克（Ivo Andric, 1892- 1975）	南斯拉夫	小說《The Bridge on the Drina》
1962	史坦貝克（John Steinbeck, 1902- 1968）	美國	小說《人鼠之間》（*Of Mice and Men*）和《憤怒的葡萄》（*The Grapes of Wrath*）
1963	賽夫瑞斯（Giorgos Seferis, 1900- 1971）	希臘	詩集
1964	沙特（Jean-Paul Sartre, 1905- 1980）	法國	論述《存在與虛無》（*Being and Nothingness*）

1965	蕭洛霍夫（Mikhall Sholokhov, 1905-1984）	蘇聯	小說《靜靜的頓河》（*The Quiet Don*）
1966	1. 亞格農（Shmuel Yosef Agnon, 1888-1970） 2. 莎克絲（Nelly Sachs, 1891-1970），第六位女得主	1. 以色列 2. 瑞典	1. 小說《海之心》（*In the Heart of the Seas*） 2. 詩集
1967	阿斯圖里亞斯（Miguel Angel Asturias, 1899-1974）	瓜地馬拉	小說《強風》（*Strong Wind*）三部曲
1968	川端康成（1899-1972）	日本	小說《雪國》和《山之音》
1969	貝克特（Samuel Beckett, 1906- 1989）	愛爾蘭	劇本《等待果陀》（*Waiting for Godot*）

這個情況一直持續到一九六〇年代末期，我們不僅發現「前衛」作家與致力追求言論自由的作者一再受到標榜，使得在蘇聯集團與其他威權體制下備受壓迫的文字工作者們格外受到世人的關注，提高了他們的地位與尊嚴，得主的年紀也開始稍有年輕化的趨向，同時美國作家秉承了上一階段的浪潮，仍持續受到青睞。這段期間的諾貝爾文學獎得主名單平添了幾個不同的國籍，包括南斯拉夫、希臘、以色列、瓜地馬拉和日本等，擴大了本獎「世界性」的版圖。

㈥一九七〇—一九七九年

一九四〇年代中葉至一九六〇年代末期，諾貝爾文學獎的風格深受瑞典皇家學院秘書長奧斯德林（Anders Österling, 1884-1981）的影響，但當奧斯德林於一九七〇年卸下諾貝爾委員會主席的職務後，新任委員會對於文學思潮又有了嶄新的見地，認為後人對諾貝爾的遺言應採取更具彈性的詮釋，使諾貝爾文學獎不再只是徒然扮演追隨大師足跡的角色，甘心為已然成型的潮流下註腳，而應同時肩負先驅者的使命，引導世人欣賞未受注意的文學類型。

此一突破性的思維，一方面可以說呼應了一次大戰爆發之前稍縱即逝的靈光，另一方面也可以說是一九四〇至一九六〇年代期間刻意重視「文學先鋒」概念進一步的延伸，因此從一九七〇年代之後，諾貝爾文學獎開始拔擢被埋沒的天份，幾番公佈了出人意表的桂冠得主。

表六：諾貝爾獎歷屆得主（1970-1979）

年份	作家	國籍	代表作
1970	索忍尼辛（Aleksandr Solzhenitsyn, 1918-）	蘇聯	小說《癌症病房》（*Cancer Ward*）
1971	聶魯達（Pablo Neruda, 1904-1973）	智利	詩集
1972	波爾（Heinrich Bőll, 1817-1985）	德國	小說《Gruppenbild mit Dame》
1973	懷特（Patrick White, 1912-1990）	澳洲	小說《風暴之眼》（*The Eye of the Storm*）
1974	1. 強森（Eyvind Johnson, 1900- 1976） 2. 馬丁森（Harry Martinson, 1904-1978）	1. 瑞典 2. 瑞典	1. 小說《走向寂靜的腳步》（*Steps Towards Silence*） 2. 小說《Vägen till Klockrike》
1975	蒙塔萊（Eugenio Montale, 1896- 1981）	義大利	詩集《風暴及其他》（*The Storm*
1976	貝婁（Saul Bellow, 1915-2005）	美國	小說《抓住這一天》（Seize the Day）和《洪堡的禮物》（*Humboldt's Gift*）
1977	阿萊克桑德雷（Vicente Aleixandre, 1898-1984）	西班牙	詩集《Poemas de la consumacín》
1978	辛格（Isaac Bashevis Singer, 1904-1991）	美國	小說集《市場街的史賓諾沙》（*The Spinoza of Market Street*）
1979	伊利蒂斯（Odysseus Elytis, 1911-1996）	希臘	詩集《To Axion Estí》

(七)一九八〇—二〇〇〇年

遵循著一九七〇年代所奠定「以發掘為宗旨」的傳統，諾貝爾文學獎從一九八〇年代之後似乎衍生出了一種順理成章的新趨勢，也就是開始放眼世界文學，而正是拜此一趨勢之賜，國際文壇赫然出現了馬奎斯（Gabriel Garcia Márquez）、葛蒂瑪（Nadine Gordimer）、大江健三郎以及首位中國得主高行健等創作型態迥異的大師，更加豐富了世界文學瑰麗的色彩。

高行健的演說詞中提到了作家所遭受的政治迫害與心靈放逐，坦承即使是在如此寂寞不堪的狀態中，如果不能秉持良知為自己持續創作的話，對他而言無疑是一種自我謀殺。高行健的獲獎可以說延續了諾貝爾文學獎反奴役、追求精神自由的這項傳統。不過，並非只有在威權體制下掙扎的作家們，才對此一傳統有所共鳴，美國女小說家摩里森（Toni Morrison）在一九九三年獲獎時，便對種族歧視和黑奴制度做出了精闢的諷諭，並表示無論環境多麼惡劣，對自由的嚮往仍能激發出人類的至真與至善；德國作家葛拉斯（Günter Grass）在一九九九年接受頒獎時也說，他唾棄一切威權，因此他的小說是以墨水混合了唾沫，向一切反自由、反人性的當權者做最深切的抗議。

表七：諾貝爾獎歷屆得主（1980-2000）

年份	作家	國籍	代表作
1980	米沃什（Czeslaw Milosz, 1911-2004）	波蘭及美國	詩集
1981	卡內提（Elias Canetti, 1905-1994）	英國	小說《Die Blendung》
1982	馬奎斯（Gabriel Garcia Márquez, 1928-）	哥倫比亞	小說《百年孤寂》（*One Hundred Years of Solitude*）
1983	高汀（William Golding, 1911-1993）	英國	小說《蒼蠅王》（*Lord of the Flies*）
1984	賽福特（Jaroslav Seifert, 1901-1986）	捷克	詩集
1985	西蒙（Claude Simon, 1913-）	法國	小說《Les Géorgiques》
1986	索因卡（Wole Soyinka, 1934-）	奈及利亞	劇本《死亡與國王的侍從》（*Death and the King's Horseman*：大塊）
1987	布羅德斯基（Joseph Brodsky, 1940-1996）	美國	詩集
1988	馬哈福茲（Maguib Mahfouz, 1911-）	埃及	小說《尼羅河閒談》（*Chit-Chat on the Nile*）

1989	塞拉（Camilo José Cela, 1916-2002）	西班牙	小說《蜂巢》（*The Beehive*‥允晨）
1990	帕茲（Octavio Paz, 1914-1998）	墨西哥	詩集
1991	葛蒂瑪（Nadine Gordimer, 1923-），第七位女得主	南非	小說《我兒子的故事》（*My Son's Story*‥九歌）
1992	沃考特（Derek Walcott, 1930-）	聖塔路西亞	詩集
1993	摩里森（Toni Morrison, 1931-），第八位女得主	美國	小說《摯愛》（*Beloved*‥台灣商務）
1994	大江健三郎（1935-）	日本	小說《無聲的哭泣》（*The Silent Cry*）
1995	黑倪（Seamus Heaney, 1939-）	愛爾蘭	詩集《精神層次》（*The Spirit Level*）
1996	辛波絲卡（Wislawa Szymbor-ska, 1923-），第九位女得主	波蘭	詩集
1997	達利歐弗（Dario Fo, 1926-）	義大利	劇本《無政府主義者的意外之死》（*Accidental Death of an Anarchist*‥唐山）
1998	薩拉馬戈（José Saramago, 1922-）	葡萄牙	小說《Baltasar and Blimunda》
1999	葛拉斯（Günter Grass, 1927-）	德國	小說《錫鼓》（*The Tin Drum*）與《鼠》（*The Rat*‥貓頭鷹）
2000	高行健（1940-）	中國及法國	小說《靈山》

(八)二〇〇一－二〇〇九年

步入了新世紀之後，近兩年來有些評論家認為，諾貝爾文學獎似乎又逐漸透露出新的思維，呈現對英語文壇主流作家的偏愛，而這當然是因為從二〇〇一至二〇〇九年間，陸續出現了三位英國得主所致，包括奈波爾（Vidiadhar Surajprasad Naipaul）、品特（Harold Pinter）與萊辛（Doris Lessing），此外，二〇〇三年得主柯慈（John M. Coetzee）雖屬南非作家，其實也是英國文壇耳熟能詳的人物，是（曼）布克獎中的常客。

由於諾貝爾文學獎的風向變化非常細微且緩慢，上述觀察是否其來有自？論點是否言之成理？諾貝爾文學獎是否真的開始轉變評選價值觀？原因何在？曼布克國際文學獎的成立是否對諾貝爾文學獎造成任何影響？這些問題都是值得未來文化界持續關注的現象。

表八：諾貝爾獎歷屆得主（2001-2009）

年份	作家	國籍	代表作
2001	奈波爾（Vidiadhar Surajprasad Naipaul, 1932-）	英國	小說《抵達之謎》（*The Enigma of Arrival*：大塊）

2002	卡爾斯（Imre Kertész, 1929-）	匈牙利	論述《Eine Gedankenlä nge Stille》
2003	柯慈（John M. Coetzee, 1940-）	南非	小說《屈辱》（*Disgrace*‥天下）
2004	葉利尼克（Elfriede Jelinek, 1946-），第十位女得主	奧地利	小說《鋼琴教師》（*Die Klavierspielerin*‥商周）
2005	品特（Harold Pinter, 1930-）	英國	劇本《生日宴會》（*The Birthday Party*）
2006	帕慕克（Orhan Pamuk, 1952-）	土耳其	小說《我的名字是紅》（*My Name is Red*‥麥田）與傳記《伊斯坦堡》（*Istanbul: Memories and the City*‥麥田）
2007	萊辛（Doris Lessing, 1919-），第十一位女得主	英國	小說《金色筆記》（*The Golden Notebook*‥時報）
2008	拉克拉齊歐（Jean-Marie Gustave Le Clézio, 1940-）	法國	小說《沙漠》（*Desert*）
2009	慕勒（Herta Müller, 1953-），第十二位女得主	德國	小說《我攜帶我的所有》（*Everything I Possess I Carry with Me*）

結語

無可諱言，諾貝爾文學獎有不少遺珠之憾，例如稍早所曾提及的托爾斯泰，又如中國作家當中的沈從文（1902-1988）、錢鍾書（1910-1998）、張愛玲（1920-1995）等，都是諾貝爾名單上嚴重的缺憾，二〇〇七年得主萊辛也曾表示，她覺得維吉尼亞．吳爾芙（Virginia Woolf, 1882-1941）未能受到諾貝爾文學獎的表彰，是非常可惜的事！尤其甚者，諾貝爾獎成立了一個多世紀以來，文學獎的女性得獎人到二〇〇九年為止只有十二位，即可見出委員會在取捨角度上有多麼偏頗，兩性之間有多麼不均衡了。

再從另一個角度看，其實諾貝爾文學獎的榮光也不見得就能保證作家或作品一定會萬古流芳，畢竟瑞典皇家學院無論再怎麼德高望重，只要是凡人都會有犯錯、看走眼的時候，更何況從上述幾個大趨勢分析起來，我們也已發現獎項的背後往往還有其他的操作元素，或是政治、或是某個強勢的個人、或是一個時代對某種文學風格的偏見……等，取捨的理由不一而足。然而，由這一百多年來的長串名單檢驗世界文學的思潮與進程，我們終究難以否認，諾貝爾文學獎在開啟世人的文學視野上功不可沒，特別是對有關人性、生命、自由與社會的大哉問從來不避重就輕，這份長久燃燒的執著、熱情和智慧，當是使諾貝爾文學獎在大小文學獎林立的今天，仍能在國際文壇屹立不搖的主要因素。

普立茲獎

我還記得在台灣上國中的時候，所有國外的文學獎裡，只知道有個普立茲獎和諾貝爾獎的存在，因此我猜想美國的普立茲獎至今應該仍是國人耳熟能詳的名詞才對。

普立茲獎的歷史幾乎和諾貝爾獎一樣悠久，成立只比諾貝爾獎晚十多年，而且獎項可以說比諾貝爾獎更繁複！不過諾貝爾獎是以物理、化學、醫藥、文學、經濟與和平等做為獎項的分類，普立茲獎卻全力傾注於對文化、新聞和創作自由的追求，而且諾貝爾獎不分國籍和語言的限制，普立茲獎則只針對美國社會。即便如此，普立茲獎本身的歷史、龐大的規模以及得獎作品的水準，都仍足以讓此獎鶴立雞群。

源起

普立茲獎的起源和諾貝爾獎一樣，都是來自一個具有高尚情操的個人。十九世紀末期，美國新聞界出現了一位巨人——出生於匈牙利的約瑟夫·普立茲（Joseph Pulitzer, 1847-1911）。普立茲對新聞事業具有幾近傳道的熱情，他不僅自己出版報紙、採訪新聞、勇於監督政府並揭發各種弊端，而且當其他報紙在商業壓力之下，為了增加發行量而不惜譁眾取寵時，他卻仍一貫堅持報導的深度、公正性和正確性。

普立茲一生在新聞事業上的獨力探索，使他深感專業訓練的必要，於是他力促在美國大專院校中創設新聞學院以培養新聞人才，成為在學術界提倡將新聞學專業化的第一人。他在一九〇四年寫下的遺囑中，捐贈了一筆款項給哥倫比亞大學（Columbia University），做為成立全美第一所新聞學院的基金，並由基金中撥出四分之一的費用成立了普立茲獎，計畫每年頒發四個新聞獎、四個文學與戲劇獎、一個教育獎，以及四個旅遊獎學金，不過他在遺囑中也賦予主辦單位足夠的權力和彈性，以便因應時代的變遷適時修改獎項的內容。

普立茲於一九一一年謝世，普立茲獎於一九一七年正式誕生，當時只有普立茲生前原訂的十三個獎項，但時至今日卻已擴增至二十一個，包括了詩作、音樂、新聞攝影、新聞漫畫、非小說……等題材在內。創設將近一個世紀以來，哥倫比亞大學的普立茲委員會每年如期頒獎，表揚新聞工作者和藝文界人士在新聞、文學、戲劇和音樂……等方面的傑出成就，特別彰顯對公平正義的嚮往，對美國社會的思潮起伏自有一定程度的影響和反映。

評選過程

普立茲獎的報名費為五十美元，由於項目繁多，每年都有超過二千個以上的作品參選，由一百零二位評審委員分別組成各個不同的評審團，在每個項目中各挑出三部作品入圍，普立茲委員會再根據入圍名單進行熱烈的討論，最後以投票的方式表決二十一個項目的得獎人。

以二〇〇四年為例，哥大新聞學院在二月一日以前收到了角逐十四項新聞獎的一四二三則提名；到了三月初，七十七位新聞編輯、出版人、作家和教育家齊集哥大三日三夜，仔細閱讀每一則提名作品，以便圈選出十四張不同的決選名單。

就在新聞獎如火如荼展開評審之際，來自美國各地的八百多本文學作品也陸續送達，競爭五個僅限美國作者參選的文學獎項，分別是小說、美國歷史、美國傳記、原創詩作，以及任何不符上述類別的非小說獎。原創詩作是一九二二年添加的類別，非小說獎則是一九六二年開闢的獎項。

戲劇獎的鼓勵對象主要是劇作家，評審團包括四位劇評人和一位戲劇學者，在紐約及各地區劇院現場（或透過錄影帶）觀賞一年來的新劇目，之後擬出決選名單；至於音樂獎的評審團，則是由四位作曲家和一位樂評人共同組成，聚集在紐約聆聽錄音並分析樂譜，然後決定三位入圍人選。

當各個決選名單紛紛出爐之後，普立茲委員會便在四月初召開一年來最重要的集會，並於四月間對外公佈評審結果。根據慣例，未曾看過決選戲碼或讀過決選小說及其他文學作品的委員，沒有表決戲劇和文學獎的投票資格，不過每個評審小組都有兩天的時間檢驗其他評審團所挑出的決選作品，並在委員會聚會時展開激烈的唇槍舌戰，最後以多數決的方式通過最終的得主，如果某個獎項實在無法達成共識，便決定讓那個項目從缺。

普立茲獎的公共服務獎（Public Service）得主可獲得金牌一面，其他各類得主則獲獎狀一紙，獎金各為一萬美元。不過對普立茲獎的得獎人來說，獎金的多寡泰半不是重點，而是獎項所給予的專業肯定，以及繼之而來的社會乃至國際聲望。

影響和蛻變

和所有的獎項一樣，普立茲委員會的最終抉擇偶爾也會引起各界的批評和爭議，不過委員會的給獎原則通常都以作品本身的素質為依歸，而不願屈從於大眾化的衡量標準，因此許多戲劇獎的得主往往來自外百老滙（off-Broadway）或地區性劇院的小型演出；不少得獎小說也都和暢銷書排行榜絕緣，但大獎的光環卻可能使它們受到其他媒體的注意；至於新聞獎方面，《紐約時報》（*The New York Times*）和《華盛頓郵報》（*The Washington Post*）等主流報紙固然囊括過不少獎項，但諸多名不見經傳的小報，同樣能夠因為報導品質而一再獲得普立茲獎的肯定。

隨著時代的變遷，普立茲委員會的品味已經逐漸脫離了昔日保守的傾向。舉例來說，一九六三年的戲劇評審團對阿爾比（Edward Albee）的《誰怕吳爾芙？》（*Who's Afraid of Virginia Woolf?*）最為欣賞，不過委員會在決選會議中卻覺得作品的基調不夠樂觀向上，終於造成本劇和普立茲獎失之交臂的憾事；相較之下，一九九三年的普立茲戲劇獎頒給了庫許納（Tony Kushner）的《美國天使》（*Angels in America: Millennium Approaches*；時報），一部探討同性戀和愛滋病問題的黑色劇作，相信當是三十年前普立茲委員會所不可思議的事！可見普立茲獎與時俱進，在道德尺度上已出現了大幅度的躍進。

又如一九四三年增設了普立茲音樂獎之後，多年來都是由古典音樂的作曲家獨占鰲頭，但一九九七年的得獎作品終於首度展現了強烈的爵士樂色彩，委員會隨後並於一九九八年和一九九九年分別頒發特別獎給已逝的蓋希文（George Gershwin, 1898-1937）與艾靈頓公爵（Duke Ellington, 1899-1974），紀念這兩位音樂大師對美國現代音樂的貢獻，藉以彌補普立茲獎從前因品味上過於傳統守舊而造成的遺珠之憾。

歷屆普立茲小說獎得主（一九一七—二〇〇九）

如上所述，普立茲獎的二十一類得主堪稱族繁不及備載，不過該獎的網站資料非常詳實（http: //www. pulitzer. org/），可逐年找出各項類別頒獎的結果。

下表列出的是歷年普立茲小說獎得主，謹供有興趣的讀者參考。其中不乏諾貝爾文學大師，信手捻來就有路易士（Sinclair Lewis, 1885-1951）、賽珍珠（Pearl S. Buck, 1892-1973）、史坦貝克（John Steinbeck, 1902-1968）、貝婁（Saul Bellow, 1915-2005）及摩里森（Toni Morrison）等人；作品能夠兩度摘下普立茲獎的作家並不多見，計有早期的塔金頓（Booth Tarkington, 1869-1946）和美國文壇的厄普戴克（John Updike）；但同時蒙諾貝爾獎加冕又二度獲頒普立茲獎的小說大家，則唯有福克納（William Faulkner,1897-1962）一人而已。

和諾貝爾獎相較起來，普立茲獎顯然對女作家友善得多，尤其若將從缺者及二度加冠者算進來，女性得獎人在整份名單中佔有百分之三十以上。此外，不少佳作都曾被改編成電影上演，例如《純真年代》（*The Age of Innocence*：皇冠）、《飄》（*Gone with the Wind*，另譯《亂世佳人》）、《鹿苑長春》（*The Yearling*：聯經）、《一代奸雄》（*All the King's Men*）、《老人與海》（*The Old Man and the Sea*）、《梅崗城故事》（*To Kill a Mockingbird*：遠流）、《紫色姊妹花》（*The Color Purple*：大地）、《摯愛》（*Beloved*：台灣商務）、《一千英畝》（*A Thousand Acres*）、《真情快遞》（*Shipping News*：麥田，另譯《海角家園》）、《時時刻刻》（*The Hours*：希代）……等。普立茲小說獎顯然對好萊塢選擇進軍奧斯金像獎卡的題材具有相當程度的吸引力，如果說好萊塢有反映大眾品味和塑造輿論的功能，那麼普立茲獎似乎也在無形中發揮著巧妙的影響力。

附表：歷屆普立茲小說獎得主（1917-2009）

年度	書名	作者
1917	從缺	
1918	《他的家庭》（*His Family*）	普爾（Ernest Poole, 1880-1950）
1919	《安柏遜世家》 （*The Magnificent Ambersons*）	塔金頓（Booth Tarkington, 1869-1946）
1920	從缺	
1921	《純真年代》 （*The Age of Innocence*：皇冠）	華頓（Edith Wharton, 1862-1937），女
1922	《愛麗絲．亞當》（*Alice Adams*）	塔金頓（Booth Tarkington,1869-1946）， 第二度獲獎
1923	《我們的一員》（*One of Ours*）	卡瑟（Willa Cather, 1873-1947），女
1924	《艾柏馬克拉夫林》 （*The Able McLaughlins*）	威爾森（Margaret Wilson, 1947-），女
1925	《如此巨大》（*So Big*）	菲爾柏（Edna Ferber, 1885-1968），女
1926	《製箭人》（*Arrowsmith*）	路易士（Sinclair Lewis, 1885-1951）， 諾貝爾得主
1927	《早秋》（*Early Autumn*）	布倫姆菲爾 （Louis Bromfield, 1896-1956）

1928	《聖路易士雷的大橋》（*The Bridge of San Luis Rey*）	懷爾德（Thornton Wilder, 1897-1975）
1929	《紅色姊妹瑪莉》（*Scarlet Sister Mary*）	彼得金（Julia Peterkin, 1880-1961），女
1930	《笑口男孩》（*Laughing Boy*）	拉發爾基（Oliver Lafarge, 1901-1963）
1931	《優雅年代》（*Years of Grace*）	巴聶斯（Margaret Ayer Barnes, 1886-1967），女
1932	《大地》（*The Good Earth*‥星光）	賽珍珠（Pearl S. Buck, 1892-1973），女，諾貝爾得主
1933	《商店》（*The Store*）	史特立柏林（T. S. Stribling, 1881- 1965）
1934	《胸懷之羊》（*Lamb in His Bosom*）	米勒（Caroline Miller, 1903-1992），女
1935	《現在十一月》（*Now in November*）	強森（Josephine Winslow Johnson, 1910-1990），女
1936	《角內之蜜》（*Honey in the Horn*）	大衛斯（Harold L. Davis）
1937	《飄》（*Gone with the Wind*）	米契爾（Margaret Mitchell, 1900- 1949），女
1938	《已逝的喬治．阿波里》（*The Late George Apley*）	馬闊德（John Phillips Marquand, 1893-1960）

1939	《鹿苑長春》（*The Yearling*‧‧聯經）	羅林斯（Marjorie Kinnan Rawlings, 1896-1953），女
1940	《憤怒的葡萄》（*The Grapes of Wrath*‧‧志文）	史坦貝克（John Steinbeck, 1902-1968），諾貝爾得主
1941	從缺	
1942	《姊妹情仇》（*In This Our Life*）	格拉斯哥（Ellen Glasgow, 1873- 1945），女
1943	《龍齒》（*Dragon's Teeth*）	辛克萊爾（Upton Sinclair, 1878-1968）
1944	《黑暗之旅》（*Journey in the Dark* ）	夫拉文（Martin Flavin, 1883-1967）
1945	《阿大諾之鈴》（*A Bell for Adano*）	赫爾賽（John Hersey, 1914-1993）
1946	從缺	
1947	《一代奸雄》（*All the King's Men*）	華倫（Robert Penn Warren, 1905-1989）
1948	《南太平洋故事》（*Tales of the South Pacific*）	米契納（James A. Michener, 1907-1997）
1949	《儀隊》（*Guard of Honor*）	寇真斯（James Gould Cozzens, 1903- 1978）
1950	《向西路》（*The Way West*）	小加德里（A. B. Guthrie, Jr. , 1901- 1991）
1951	《小鎮》（*The Town*）	雷克特爾（Conrad Richter, 1890-1968）

1952	《凱恩叛變事件》（*The Caine Mutiny*）	伍克（Herman Wouk, 1915-）
1953	《老人與海》 （*The Old Man and the Sea*）	海明威（Ernest Hemingway, 1899-1961）， 諾貝爾得主
1954	從缺	
1955	《寓言》（*A Fable*）	福克納（William Faulkner, 1897-1962）， 諾貝爾得主
1956	《安德森監獄》（*Andersonville*）	康特爾 （MacKinlay Kantor, 1904-1977）
1957	從缺	
1958	《親人之死》（*A Death in the Family*）	阿吉（James Agee, 1909-1955）
1959	《傑米．馬克非特斯之旅》 （*The Travels of Jaimie McPheeters*）	泰勒（Robert Lewis Taylor, 1912-1998）
1960	《華府風雲》（*Advise and Consent*）	朱瑞（Allen Drury, 1918-1998）
1961	《梅崗城故事》 （*To Kill a Mocking-bird*‥遠流）	哈波．李（Harper Lee, 1926-），女
1962	《哀傷邊緣》（*The Edge of Sadness*）	歐康納（Edwin O'Connor, 1918-1968）
1963	《掠奪者》（*The Reivers*）	福克納（William Faulkner, 1897-1962）， 諾貝爾得主暨第二度獲獎
1964	從缺	

1965	《守屋人》（*Keepers of the House*）	葛勞（Shirley Ann Grau, 1929-），女
1966	《故事集》（*The Collected Stories of Katherine Anne Porter*）	波爾特（Katherine Anne Porter, 1890-1980），女
1967	《修補匠》（*Fixer*：書林）	馬拉末（Bernard Malamud, 1914-1986）
1968	《納特透納的告白》（*Confessions of Nat Turner*）	史泰倫（William Styron, 1925-2006）
1969	《日昇之屋》（*House Made of Dawn*）	莫馬迪（N. Scott Momaday, 1934-）
1970	《故事集》（*The Collected Stories of Jean Stafford*）	史塔佛（Jean Stafford, 1915-1979），女
1971	從缺	
1972	《休止角》（*Angle of Repose*）	史泰格納（Wallace Stegner, 1909-1993）
1973	《樂觀者之女》（*Optimist's Daughter*）	威爾蒂（Eudora Welty, 1909-2001），女
1974	從缺	
1975	《天使殺手》（*Killer Angels*）	夏拉（Michael Shaara, 1928-1988）
1976	《洪堡的禮物》（*Humboldt's Gift*）	貝婁（Saul Bellow, 1915-2005），諾貝爾得主

1977	從缺	
1978	《活動餘地》（*Elbow Room*）	麥克費爾森（James Alan McPherson, 1943-）
1979	《約翰．區佛的故事》（*Stories of John Cheever*）	約翰．區佛（John Cheever, 1912-1982）
1980	《劊子手之歌》（*The Executioner's Song*）	梅勒（Norman Mailer, 1923-2007）
1981	《呆瓜聯盟》（*Confederacy of Dunces*）	圖爾（John Kennedy Toole, 1937-1969）
1982	《兔子發財了》（*Rabbit is Rich*）	厄普戴克（John Updike, 1932-）
1983	《紫色姊妹花》（*The Color Purple*‥大地）	華克（Alice Walker, 1944-），女
1984	《紫苑草》（*Ironweed*）	甘迺迪（William Kennedy, 1928-）
1985	《異域情事》（*Foreign Affairs*）	魯瑞（Alison Lurie, 1926-），女
1986	《寂寞之鴿》（*Lonesome Dove*‥皇冠）	麥克莫崔（Larry McMurtry, 1936-）
1987	《召喚曼菲斯》（*A Summons to Memphis*）	泰勒（Peter Taylor, 1917-1994）

1988	《摯愛》（*Beloved*：台灣商務）	摩里森（Toni Morrison, 1931-），女，諾貝爾得主
1989	《生命課程》（*Breathing Lessons*：方智）	泰勒（Anne Tyler, 1941-），女
1990	《曼波之王的情歌》（*Mambo Kings Play Songs of Love*：業強）	海傑（Oscar Hijuelos, 1951-）
1991	《兔子休息了》（*Rabbit at Rest*）	厄普戴克（John Updike, 1932-），第二度獲獎
1992	《一千英畝》（*A Thousand Acres*）	史邁利（Jane Smiley, 1946-），女
1993	《奇山異香》（*Good Scent from a Strange Mountain*）	巴特勒（Robert Olen Butler, 1945-）
1994	《真情快遞》（*Shipping News*：麥田）	普露（E. Annie Proulx, 1935-），女
1995	《金石年代》（*Stone Diaries*：時報）	席兒德（Carol Shields, 1935-2003），女
1996	《獨立紀念日》（*Independence Day*）	佛爾德（Richard Ford, 1944-）
1997	《馬丁・卓斯勒》（*Martin Dressler*）	米爾豪斯爾（Steven Millhauser, 1943-）
1998	《美國牧歌》（*American Pastoral*：木馬）	羅斯（Philip Roth, 1933-）

1999	《時時刻刻》（*The Hours*：希代）	康寧漢（Michael Cunningham, 1952-）
2000	《醫生的翻譯員》（*Interpreter of Maladies*：天培）	拉希莉（Jhumpa Lahiri, 1967-），女
2001	《卡瓦利與克雷的神奇冒險》（*The Amazing Adventures of Kavalier & Clay*：皇冠）	謝朋（Michael Chabon, 1963-）
2002	《帝國的崩場》（*Empires Falls*）	羅素（Richard Russo, 1949-）
2003	《中性》（*Middlesex*：時報）	尤金尼德斯（Jeffrey Eugenides, 1960-）
2004	《已知世界》（*The Known World*）	瓊斯（Edward P. Jones, 1951-）
2005	《遺愛基列》（*Gilead*：天培）	羅賓遜（Marilynne Robinson, 1947-），女
2006	《三月》（*March*）	布魯克斯（Geraldine Brooks, 1955-），女
2007	《長路》（*The Road*：麥田）	麥卡席（Cormac McCarthy, 1933-）
2008	《貧民窟宅男的世界末日：奧斯卡・哇塞短暫奇妙的一生》（*The Brief Wondrous Life of Oscar Wao*：漫遊者文化）	狄亞茲（Junot Diaz, 1968-）
2009	《奧立佛・奇特里基》短篇小說集（Olive Kitteridge）	史卓特（Elizabeth Strout, 1956-），女

美國國家書評獎

綜觀英語世界的各種文學獎，不難發現通常文學獎的金額越高，地位似乎也越加顯著，但這終究不是一成不變的真理，其中最明顯的例子莫過於美國國家書評獎——得獎人連一毛獎金也拿不到，可是因為頒獎單位威信崇隆，獎項本身受到了英語文壇極度推崇，因此對文學創作者來說，能夠獲獎便是對其文學成就的最佳肯定，而作品也多能因之聲名大噪，造成銷路的節節上升，難怪自一九八一年開始頒獎以來，美國國家書評獎雖然「兩袖清風」，無數作家們卻仍夢寐以求！

美國國家書評協會（The National Book Critics Circle，簡稱ＮＢＣＣ）創辦於一九七四年，成員包括七百五十多位專業編輯與書評人，雖然並非每一位會員都具有美國籍或是美國居民，不過他們都只關注在美國境內發行的英語作品，因此一年一度的美國國家書評獎也承襲了相同的邏輯——評選對象無論就作家或作品而言，皆無國籍之分，只要是當年度在美國首次出版的英語書籍（包括翻譯成英語出版的著作在內），都具有送審資格，但無可諱言的是，歷年來能夠蒙受本獎垂青的，美國本土作家仍然佔盡了優勢，這恐怕是各種以出版市場為地理條件的文學獎難以避免的盲點。

評選方式

美國國家書評協會是一個自發性兼義務性的組織，由二十四名會員以自願的方式，經全體會員同意後組成董事會，任期三年，不過每年都有八個董事名額面臨改選，以求年年更新。改選程序在三月份召開的會員年度大會中舉行。

董事會是美國國家書評獎的最高主導機構，具有提名參選作品的資格。本文學獎共分五個類別：小說、非小說、傳記與自傳、詩，以及評論等，並視每年實際狀況不定期增設終生成就獎。其中最複雜而難以明確定義的，無疑是「非小說獎」這一項——原則上說來，本獎把食譜、自助、心靈治療、參考書、圖畫書、漫畫書及童書等一概排除在外，但其他各種非小說作品，包括翻譯、短篇故事、散文集、論文集，乃至創作者自費印行的出版品，都接受為符合參選資格的範疇。

美國國家書評獎和一般文學獎評審作業上最大的區別，在於此獎的報名和提名期間幾乎長達一整年，從當年度的一月一日起，出版社及作家本人都可以向該協會董事委員送繳參選書籍（在ＮＢＣＣ的網站上，開列有董事會名單及他們的住址），有時候董事會成員也會主動向出版社要求提供某些作品參加選拔，而一部書籍只要能夠打動其中一位董事，受到他的大力推薦，便能夠被列入文學獎的「主要名單」中，有權受到全體董事的共同閱讀及探討，而決選名單以及最後的得獎作品，便都是從主要名單精挑細選出來的傑作。

董事委員經常聚會辯論主要名單上的各部著作，因此ＮＢＣＣ總是鼓勵出版社只要一有好書出爐，便應儘早提供樣書給協會參酌，以便讓董事委員們有充裕的時間一一拜讀，然後細細檢驗。基於頒獎作業的限制，報名截止日期通常設於每年十二月一日至十二月中旬，因為隔年一月底董事會就必須公佈決選名單，二月底公佈得獎結果，接著在三月份的會員大會上公開表揚。

歷屆得主點評

自一九八一年迄今，不同類別的美國國家書評獎已共頒出超過上百個獎項，一一介紹不免過於冗贅，因此本文且以小說類為限，試圖為讀者稍做點評（請參見附表）。

從這張得獎名單中，我們發現了幾個現象：首先是它和普立茲獎小說得主具有相當的同質性，例如厄普戴克（John Updike）反映美國白領階級生命史的兩部兔子小說、甘迺迪（William Kennedy）描寫美國社會底層人物生活悲喜的《紫苑草》（*Ironweed*）、史邁利（Jane Smiley）刻劃父女和姊妹關係的《一千英畝》（*A Thousand Acres*）、席兒德（Carol Shields, 1935-2003）敘述凡夫俗女黛絲・古德威・夫萊特（Daisy Goodwill Flett）一生的《金石年代》（*The Stone Diaries*，時報）、瓊斯（Edward P. Jones）以黑奴制度為主題的《已知世界》（*Known World*），以及羅賓遜（Marilynne Robinson）假藉傳教士艾姆斯（John Ames）寫給兒子的一封信，進行對人生、信仰和死亡深刻反芻的《遺愛基列》（*Gilead*，天培）等，都是同時獲得兩獎殊榮的例子。

然而從筆者的角度觀之，兩個獎項間的重複性並不令人意外，畢竟兩者所鼓勵的對象都是同一年度在美國出版的原創小說，因此比較令人意外的，反倒是它們重複給獎的比例並不如原先預期的那麼高，二十六部得獎小說裡，只有七部重複！主要原因或許跟普立茲獎針對的是美國作家，美國國家書評獎原則上並無國籍限制有關吧?!再者，雖然兩個獎項的評審委員都是文學評論界經驗豐富之士，不同的專家畢竟還是展現出了不同的文學理念，而這種理念和品味的多樣性使文學獎名單不至於受到過度壟斷，終究是一個令人欣慰的發展。

其次，本張得獎名單被改編成電影的比例也算出奇地高，就筆者所知至少包括甘迺迪的《紫苑草》；泰勒（Anne Tyler）的《意外的旅客》（*The Accidental Tourist*，皇冠），描寫瀕臨人生瓶頸的旅遊作家，因碰到了生活態度截然不同的女子而終於學會放鬆自己；史邁利的《一千英畝》，親情的刻劃溫暖人心；麥卡錫（Cormac McCarthy）的《百駿圖》（*All the Pretty Horses*，另譯《心靈神駒》），敘述牧馬牛仔的成長和苦戀；蓋尼斯（Ernest J. Gaines）的《死亡紀事》（*A Lesson Before Dying*），講述死刑犯如何在死前學得什麼是人性的尊嚴；列瑟（Jonathan Lethem）不落俗套的偵探懸疑小說《布魯克林孤兒》（*Motherless Brooklyn*，天培），以及麥克伊溫（Ian McEwan）鋪陳失落之愛的《贖罪》（*Atonement*，正中、大田）……等。由此或許可以看出，本獎除了重視題材的選擇和作者駕馭文字的技巧之外，也往往青睞具有強烈故事性的小說，因此好萊塢喜愛拍攝文學電影的製片人，自然也就知道可以在這裡挖寶了！

此外還有幾個頗有意思的數據，例如截至二〇〇六年的二十三位得獎人中（其中有三人兩度獲獎），女性得主達十位之多，是大西洋兩岸間除了英國柑橘獎之外，女性作家得獎比例最高的小說獎之一，只不過二〇一〇年之前，還沒有出現二度獲獎的女作者；又如出生於一九三〇年代的作家，似乎特別具有獲獎的優勢，二十三位得主中，有九位出生於一九三〇至一九三九年間，同時整張名單裡，唯一的三位兩度獲獎者也全都是出生於這個年代。此乃純屬巧合，抑或有其他合理的解釋？我個人暫時無法做出有深度的說明，期待聆聽讀者諸君的高見。

最後值得一提的是，自一九八一年至一九九六年為止，美國國家書評獎一向是「肥水不落外人田」，當時唯一一位曾獲此獎的非美國作家，是來自加拿大的女小說家席兒德，可是因為美、加文學市場與文壇之間的綿密互動，加上席兒德本人出生於美國芝加哥，婚後才定居加拿大，因此她的得獎在當時並未被視為具有任何聳動性。

可是英國女作家費茲吉羅（Penelope Fitzgerald, 1916-2000）在一九九七年度的脫穎而出，意義上可就大得多了！費茲吉羅的得獎作品是勾勒十八世紀浪漫主義時期一段不倫戀情的《憂傷藍花》（*The Blue Flower*：新雨），而當年和她同時角逐本獎小說寶座的本土作家，包括曾被譽為新一代康拉德（Joseph Conrad, 1857-1924）的佛瑞哲（Charles Frazier），以極具詩意的《冷山》（*Cold Mountain*：輕舟）名列榜上；得獎無數的羅斯（Philip Roth），也以敘述一個父親如何在一九六〇年代因愛女偏激的政治立場而造成人生天翻地覆的《美國牧歌》（*American Pastoral*：木馬）堂堂入圍；而號稱「美國最偉大當代小說家之一」的德里羅（Don DeLillo），更以涵蓋美國半世紀文化、社會、政治與生活的長篇鉅著《地下世界》（*Underworld*）雄霸一方！因此當年費茲吉羅竟然能夠在如此不利的情勢之下打敗三位可敬的對手，可見她的成功得來多麼不易，也難怪費氏在美國國家書評獎的封后會受到眾多媒體的矚目了。

繼費茲吉羅之後，美國國家書評獎掀起了一陣短暫的「歐洲浪潮」，計有英國的克雷斯（Jim Crace），以倒敘手法將死亡視為一個喧嘩的過程，寫出了《雖死猶生》（*Being Dead*）；德國作家希柏德（W. G. Sebald），在《奧斯德立茲》（*Austerlitz*）中透過時空的跳接企圖探討身分認同和歐洲集體失憶症候群；

以及英國作家麥克伊溫，以第二次世界大戰為背景的浪漫悲劇《贖罪》摘下桂冠，本書處理的是罪惡感和自我救贖的議題。其中《奧斯德立茲》曾獲英國的獨立報外國小說獎，《贖罪》曾入圍英國曼布克獎，至於二〇〇六年獲書評獎垂青的《繼承失落的人》（*The Inheritance of Loss*：遠流），則同時是曼布克獎得主與柑橘獎的入圍小說。

換句話說，來自大西洋對岸的歐洲作家與作品，已經在美國國家書評獎的小說欄目逐漸抬頭，此一現象間接呈現了美國讀者閱讀層面的擴展，以及閱讀品味在某一程度上的改變，但更直接的卻是印證了英語出版市場整合的趨勢，例如自一九九〇年代中期以來，全球出版資金一波又一波的流動浪潮，使許多現存的大型出版社都已一步步走向了跨國或多國企業的行列，因此一個暢銷作家往往已經不再侷限於自己的國土境內，而是可以在全球同步促銷的文化商品。因此美國國家書評獎之所以開始注意到其他國家出色的作者，反映的毋寧也是一種全球化的文化效應。

附表：美國國家書評獎歷屆小說類得主（1981-2009）

年度	作品	作家
1981	《兔子發財了》（*Rabbit Is Rich*）	厄普戴克（John Updike, 1932-），美國
1982	《喬治．米爾斯》（*George Mills*）	艾爾金（Stanley Elkin, 1930-1995），美國
1983	《紫苑草》（*Ironweed*）	甘迺迪（William Kennedy, 1928-），美國
1984	《愛之藥》（*Love Medicine*）	爾德瑞區（Louise Erdrich, 1954-），美國，女
1985	《意外的旅客》（*The Accidental Tourist*：皇冠）	泰勒（Anne Tyler, 1941-），美國，女
1986	《凱特．維登》（*Kate Vaiden*）	普萊斯（Reynolds Price, 1933-），美國
1987	《反人生》（*The Counterlife*）	羅斯（Philip Roth, 1933-），美國
1988	《中間人和其他故事》（*The Middleman and Other Stories*）	穆克爾吉（Bharati Mukherjee, 1940-），美國，女
1989	《強者為王》（*Billy Bathgate*：皇冠）	達克托羅（E. L. Doctorow, 1931-），美國

1990	《兔子休息了》（*Rabbit at Rest*）	厄普戴克（John Updike, 1932-），美國，二度獲獎
1991	《一千英畝》（*A Thousand Acres*）	史邁利（Jane Smiley, 1946-），美國，女
1992	《百駿圖》（*All the Pretty Horses*）	麥卡錫（Cormac McCarthy, 1933-），美國
1993	《死亡紀事》（*A Lesson Before Dying*）	蓋尼斯（Ernest J. Gaines, 1933-），美國
1994	《金石年代》（*The Stone Diaries*，時報）	席兒德（Carol Shields, 1935-2003），加拿大，女
1995	《泰德．布利斯太太》（*Mrs. Ted Bliss*）	艾爾金（Stanley Elkin, 1930-1995），美國，二度獲獎
1996	《床上仕女》（*Women in Their Beds*）	貝瑞歐（Gina Berriault, 1926-1999），美國，女
1997	《憂傷藍花》（*The Blue Flower*，新雨）	費茲吉羅（Penelope Fitzgerald, 1916-2000），英國，女
1998	《好女之愛》（*The Love of a Good Woman*）	夢露（Alice Munro, 1931-），加拿大，女

1999	《布魯克林孤兒》（*Motherless Brooklyn*：天培）	列瑟（Jonathan Lethem, 1964-），美國
2000	《沉睡的海岸》（*Being Dead*：皇冠）	克雷斯（Jim Crace, 1946-），英國
2001	《奧斯德立茲》（*Austerlitz*：大田）	希柏德（W. G. Sebald, 1944-2001），德國
2002	《贖罪》（*Atonement*：正中、大田）	麥克伊溫（Ian McEwan, 1948-），英國
2003	《已知世界》（*Known World*）	瓊斯（Edward P. Jones, 1951-），美國
2004	《遺愛基列》（*Gilead*：天培）	羅賓遜（Marilynne Robinson, 1947-），美國，女
2005	《前進》（*The March*）	達克托羅（E. L. Doctorow, 1931-），美國，二度獲獎
2006	《繼承失落的人》（*The Inheritance of Loss*：遠流）	德賽（Kiran Desai, 1971-），印度／美國，女
2007	《貧民窟宅男的世界末日：奧斯卡・哇塞短暫奇妙的一生》（*The Brief Wondrous Life of Oscar Wao*：漫遊者文化）	狄亞茲（Junot Diaz, 1968-），多明尼加／美國
2008	《2666》（*2666*）	波拉諾（Roberto Bolań1953-2003），智利
2009	《狼廳》（*Wolf Hall*）	曼特爾（Hilary Mantel, 1952-），英國，女

美國國家圖書獎

三大文學獎

如果說英國文壇有三大文學獎——曼布克獎、柑橘獎和科斯達文學獎，那麼美國文學界同樣有三大——普立茲獎、美國國家書評獎，以及美國國家圖書獎。其中普立茲獎由哥倫比亞大學（Columbia University）的新聞學院主持，學術氣息濃厚，而美國國家書評獎由美國國家書評協會所發起，在文學評論專業方面無疑是德高望重。相形之下，美國國家圖書獎是三者中最為「平易近人」的一個，但這並非對得獎書籍品質的貶抑，畢竟文學作品價值的高低，是個見仁見智的問題。

美國國家圖書獎的平易近人處，在於它是由美國各出版集團於一九五〇年三月所聯手創辦的，意在提倡閱讀風氣，並藉機增進一般民眾對美國作家之傑出作品的認識，與電影界行之有年的奧斯卡金像獎（Oscar Academy Awards）頗有異曲同工之妙，也因此基於創立宗旨使然，書籍本身對大眾讀者的吸引力，往往成為得獎與否的考量因素之一，難怪冠蓋雲集的圖書獎頒獎現場，經常被譽為美國出版界的奧斯卡獎，同時正如奧斯卡獎能夠對電影的賣座產生推波助瀾的功效一樣，圖書獎的眷顧，也經常使一本銷售平平的小說躋身暢銷書排行榜的寶座。

上述論點由圖書獎歷屆得獎作品的回顧中，便能獲得印證（請參見表一），此外，圖書獎的得獎歷史還揭示了三個特點：第一、得獎名單不乏耳熟能詳之作，尤其是《金臂人》（*The Man with the Golden Arm*）、《亂世忠魂》（*From Here to Eternity*）、《隱形人》（*Invisible Man*）及《蘇菲的選擇》（*Sophie's Choice*）……等，都已是今日美國家喻戶曉的故事，猶如奧斯卡得獎電影往往成為好萊塢的經典名片一般；第二、名單中不乏大師名家，例如福克納（William Faulkner, 1897-1962）、貝婁（Saul Bellow, 1915-2005）、厄普戴克（John Updike）、羅斯（Philip Roth）、厄文（John Irving）、德里羅（Don DeLillo）等人，無一不是美國文學界的泰斗，似乎和奧斯卡獎在某個程度上對重量級導演、重量級卡司的偏愛傾向，也有相當的神似；第三、圖書獎的得主雖然不免和普立茲獎及書評獎偶有重複，例如《兔子發財了》（*Rabbit Is Rich*）、《紫色姊妹花》（*The Color Purple*）、《百駿圖》（*All the Pretty Horses*，另譯《心靈神駒》）和《真情快遞》（*Shipping News*）……等，但是三者間的差異性畢竟比同質性更明顯，可見在學術氣息、文評專業及平易走向的取捨上，終於造成了三個文學獎間的不同特色。

表一：美國國家圖書獎歷屆小說類得主（1950-2009）

年度	作品	作家
1950	《金臂人》（*The Man with the Golden Arm*）	阿爾格蘭（Nelson Algren）
1951	《福克納故事選集》（*The Collected Stories of William Faulkner*）	福克納（William Faulkner）
1952	《亂世忠魂》（*From Here to Eternity*）	瓊斯（James Jones）
1953	《隱形人》（*Invisible Man*）	愛力森（Ralph Ellison）
1954	《奧吉．瑪琪歷險記》（*The Adventures of Augie March*）	貝婁（Saul Bellow）
1955	《寓言》（*A Fable*）	福克納（William Faulkner）

1956	《Ten North Frederick》	歐哈拉（John O'Hara）
1957	《The Field of Vision》	莫利斯（Wright Morris）
1958	《瓦普肖特紀事》（*The Wapshot Chronicle*）	契弗（John Cheever）
1959	《魔桶》（*The Magic Barrel*‥九歌）	馬拉末（Bernard Malamud）
1960	《再見，哥倫布》（*Goodbye Columbus*）	羅斯（Philip Roth）
1961	《The Waters of Kronos》	雷克特（Conrad Richter）
1962	《電影觀眾》（*The Moviegoer*）	帕爾西（Walker Percy）
1963	《Morte d'Urban》	包爾斯（J. F. Powers）
1964	《半人馬之歌》（*The Centaur*）	厄普戴克（John Updike）
1965	《何索》（*Herzog*‥遠景）	貝婁（Saul Bellow）
1966	《凱瑟琳・安・波特故事選集》（*The Collected Stories of Katherine Anne Porter*）	波特（Katherine Anne Porter）
1967	《修補匠》（*The Fixer*‥書林）	馬拉末（Bernard Malamud）
1968	《第八日》（*The Eighth Day*）	懷爾德（Thornton Wilder）
1969	《階梯》（*Steps*）	科辛斯基（Jerzy Kosinski）
1970	《他們》（*Them*‥爾雅）	歐慈（Joyce Carol Oates）
1971	《賽姆勒先生的行星》（*Mr Sammler's Planet*）	貝婁（Saul Bellow）

1972	《富蘭納利．歐康納故事全集》（*The Complete Stories of Flannery O'Connor*）	歐康納（Flannery O'Connor）
1973	《吐火女怪克麥拉》（*Chimera*） 《Augustus》	巴爾思（John Barth） 威廉斯（John Williams）
1974	《羽冠和其他故事》（*A Crown of Feathers and Other Stories*）《重力之虹》（*Gravity's Rainbow*：光復）	辛格（Isaac Bashevis Singer） 聘瓊（Thomas Pynchon）
1975	《閃靈戰士》（*Dog Soldiers*，另譯：《狼人部隊》） 《哈洛德．魯斯之髮》（*The Hair of Harold Roux*）	史東（Robert Stone） 威廉斯（Thomas Williams）
1976	《Jr.》	賈帝斯（William Gaddis）
1977	《The Spectator Bird》	史泰格納（Wallace Stegner）
1978	《血緣》（*Blood Ties*）	賽圖（Mary Lee Settle）
1979	《走在獵者之後》（*Going After Cacciato*）	歐布萊恩（Tim O'Brian）
1980	精裝小說：《蘇菲的選擇》（*Sophie's Choice*） 平裝小說：《蓋普眼中的世界》（*The World According to Garp*：圓神） 首部小說：《鳥人》（*Birdy*）	史泰隆（William Styron） 厄文（John Irving） 沃爾頓（William Wharton）

1981	精裝小說：《平原之歌》（*Plains Song*） 平裝小說：《約翰・契弗故事集》（*The Stories of John Cheever*） 首部小說：《狼姊妹》（*Sister Wolf*）	莫利斯（Wright Morris） 契弗（John Cheever） 亞倫斯伯格（Ann Arensberg）
1982	精裝小說：《兔子發財了》（*Rabbit Is Rich*） 平裝小說：《再見，明天見》（*So Long, See You Tomorrow*） 首部小說：《至死不渝》（*Dale Loves Sophie to Death*）	厄普戴克（John Updike） 馬克斯威爾（William Maxwell） 迪攸（Robb Forman Dew）
1983	精裝小說：《紫色姊妹花》（*The Color Purple*） 平裝小說：《尤朵拉・威爾提故事集》（*The Collected Stories of Eudora Welty*） 首部小說：《布魯斯特地方的女人》（*The Women of Brewster Place*）	華克（Alice Walker） 威爾蒂（Eudora Welty） 奈勒（Gloria Naylor）
1984	小說：《戰勝日本》（*Victory Over Japan: A Book of Stories*） 首部小說：《伊瓦拉之石》（*Stones for Ibarra*）	基爾克萊斯特（Ellen Gilchrist） 多爾（Harriet Doerr）

1985	小說：《白雜音》（*White Noise*：寶瓶）首部小說：《輕鬆小島》（*Easy in the Islands*）	德里羅（Don DeLillo） 沙可奇斯（Bob Shacochis）
1986	《世界博覽會》（*World's Fair*）	達克托羅（E. L. Doctorow）
1987	《派可的故事》（*Paco's Story*）	海尼曼（Larry Heinemann）
1988	《巴黎鱒魚殺人事件》（*Paris Trout*）	戴克斯特（Pete Dexter）
1989	《大米草》（*Spartina*）	凱西（John Casey）
1990	《走道中段》（*Middle Passage*）	強森（Charles Johnson）
1991	《婚配》（*Mating*）	羅敘（Norman Rush）
1992	《百駿圖》（*All the Pretty Horses*，另譯《心靈神駒》）	麥卡錫（Cormac McCarthy）
1993	《真情快遞》（*Shipping News*）	普露（E. Annie Proulx）
1994	《A Frolic of His Own》	佳迪斯（William Gaddis）
1995	《薩巴斯劇院》（*Sabbath's Theater*）	羅斯（Philip Roth）
1996	《Ship Fever and Other Stories》	巴瑞特（Andrea Barrett）
1997	《冷山》（*Cold Mountain*：輕舟）	佛瑞哲（Charles Frazier）
1998	《迷人的比利》（*Charming Billy*：皇冠）	麥德莫（Alice McDermott）
1999	《等待》（*Waiting*：時報）	哈金

1999	《等待》（*Waiting*：時報）	哈金
2000	《在美國》（*In America*：時報）	桑塔格（Susan Sontag）
2001	《修正》（*The Corrections*）	弗朗欽（Jonathan Franzen）
2002	《三個六月天》（*Three Junes*：台灣商務）	葛拉絲（Julia Glass）
2003	《大火》（*The Great Fire*）	哈哲（Shirley Hazzard）
2004	《來自巴拉圭的情人》（*The News from Paraguay*：商周）	塔克（Lily Tuck）
2005	《歐洲中部》（*Europe Central*）	弗爾曼（William Vollmann）
2006	《回聲製造者》（*The Echo Maker*）	包爾斯（Richard Powers）
2007	《煙樹》（*Tree of Smoke*）	強森（Denis Johnson）
2008	《影子國家》（Shadow Country）	瑪帝森（Peter Matthiessen）
2009	《讓世界旋轉》（*Let the Great World Spin*）	麥凱恩（Colum McCann）

評選方式暨傑出貢獻獎

半個多世紀以來，美國國家圖書獎已經歷過多次蛻變，其中最重要的一次發生於一九八九年，當時圖書獎委員會體認到成立一個國家圖書基金會（National Book Foundation）的必要性，除了每年負責全國圖書獎的籌辦之外，更可以透過教育管道提倡寫作與閱讀生活，安排入圍圖書獎決選名單的作家到各個社區巡迴演講，大力營造書香社會，使圖書獎的影響範疇與日俱增。

現階段的美國國家圖書獎共分四個以「書」為主的項目：小說、非小說、詩和兒童文學。參選資格以美國作家為限，至於送審書籍的時間性，若以二〇〇九年為例，則必須是計畫在二〇〇八年十二月一日到二〇〇九年十一月三十日之間上市出版的作品為準。每個項目都有五位專家組成獨立的評審團進行評選作業，各個評審團的主席都由圖書基金會表決指派。圖書獎的報名截止日期通常訂於六月十五日，經過將近四個月的篩選、辯論，各個評審團會在十月中旬公佈各有五部作品的入圍名單，然後在十一月中旬發表各個項目最後的得主，分別頒發一萬美元的獎金，至於十六位入圍決選但未得獎的作者，則可分別獲得一千美元的慰勞金。

不過我個人認為更有趣的特點，是圖書獎打從一九九一年起所特別設置的以「人」為主的頒獎項目，表揚對美國文學做出重要貢獻的人物，得獎人亦可獲頒一萬美元以茲鼓勵（請參見表二）。

這張名單中的人物並非全是傳統小說家，例如米勒（Arthur Miller, 1915-2005）是劇作家，麥克羅夫（David McCullough）是歷史學家，梅勒（Norman Mailer, 1923-2007）是所謂「非虛構小說」（nonfiction novel）的創始人，可見出版界對「文學」的定義早已超出傳統小說的制約。

其次，得獎人甚至並非全都是作家，例如拉福林（James Laughlin, 1914-1997）、法第門（Clifton Fadiman, 1904-1999）是出版人，歐普拉（Oprah Winfrey）是著名的電視節目主持人，籌辦了全美知名的電視讀書會，反映出了美國文學界的務實態度，了解到今日出版產業本身的運作方式複雜多端，如要刺激美國文學蒸蒸日上，再也不能僅靠作家汲汲營營的努力而已，還必須仰賴其他社會精英的配合，因此能夠對美國文學做出傑出貢獻者，早已不以作家為限，猶如奧斯卡金像獎的終生成就獎，並非僅限於對演員、導演或劇作家的肯定而已，對電影圈貢獻良多的業界人士，也經常獲頒金像獎以表電影業者對他們的尊重與感激。

再者，得獎人的小說作品不見得都曾受過圖書獎的青睞，例如摩里森（Toni Morrison）和史帝芬．金（Stephen King），一位是諾貝爾文學獎得主，一位是驚悚小說界的暢銷天王，但為了莫名的因素，他們的作品卻一再與本獎的小說獎失之交臂，因此傑出貢獻獎或許也有一些彌補遺珠之憾的味道？

總之，基於上述各種考量，獲頒傑出貢獻獎的佼佼者，皆為美國文化界舉足輕重的人物，能夠在出版市場上呼風喚雨，因此美國國家圖書獎每年的頒獎現場總顯得喜氣洋洋、熱鬧滾滾，充滿了絢爛的「明星」氣息。傳媒界喜歡把此文學獎和奧斯卡金像獎相提並論，倒是有幾分恰當。

表二：美國文學傑出貢獻獎歷屆得主（1991-2009）

年度	得獎人	主要貢獻
1991	威爾蒂（Eudora Welty, 1909-2001），女	小說家，代表作包括：《Delta Wedding》、《The Ponder Heart》、《打不贏的戰鬥》（*Losing Battles*）、《樂觀者之女》（*The Optimist's Daughter*）等。
1992	拉福林（James Laughlin, 1914- 1997）	詩人與出版家
1993	法第門（Clifton Fadiman, 1904-1999）	出版家
1994	布魯克斯（Gwendolyn Brooks, 1917-2000），女	詩人
1995	麥克羅夫（David McCullough, 1933-）	歷史學家與傳記家，代表作包括：《布魯克林大橋》（*The Great Bridge*）、《杜魯門傳》（*Truman*）等。
1996	摩里森（Toni Morrison, 1931-），女	小說家，諾貝爾得主，代表作包括：《摯愛》（*Beloved*）等。
1997	特爾寇（Studs Terkel, 1912-）	口述歷史學家

1998	厄普戴克（John Updike, 1932-）	小說家，代表作包括：《半人馬之歌》（*The Centaur*）、《兔子發財了》（*Rabbit Is Rich*）等。
1999	歐普拉（Oprah Winfrey, 1954-），女	電視名嘴
2000	布拉德布瑞（Ray Bradbury, 1920-）	評論家和劇作家
2001	米勒（Arthur Miller, 1915-2005）	劇作家，代表作為《推銷員之死》（*Death of a Salesman*）。
2002	羅斯（Philip Roth, 1933-）	小說家，代表作包括：《再見，哥倫布》（*Goodbye Columbus*）、《薩巴斯日劇院》（*Sabbath's Theater*）和《美國牧歌》（*American Pastoral*）等。
2003	史帝芬・金（Stephen King, 1947-）	小說家，代表作包括：《伴我同行》（*Stand by Me*）、《危情十日》（*Misery*）、《綠色奇蹟》（*The Green Mile*）、《月黑風高》（*The Shawshank Redemption*）等。
2004	布倫姆（Judy Blume, 1938-），女	兒童文學家，代表作為：《上帝，祢在嗎？我是瑪格麗特》（*Are You There God? It's Me, Margaret*）

2005	梅勒（Norman Mailer, 1923-2007）	政治評論家、新聞記者、傳記小說家
2006	雷奇（Adrienne Rich, 1929-），女	女性主義作家、詩人、教師
2007	狄蒂恩（Joan Didion, 1934-），女	新聞記者、散文家、小說家
2008	湯婷婷（Maxine Hong Kingston, 1940-），女	小說家暨文學教授
2009	維戴爾（Gore Vidal, 1925-）	劇作家、散文家、政治活躍分子

3

隨筆與報導

《冰點》週刊事件始末

序曲

二〇〇六年一月二十五日，《冰點》週刊被中共青年團中央停刊的新聞忽然在中國知識界、新聞界、文化界、法律界和關心中國事務的國際團體間悄悄蔓延開來，直到演變成胡、溫政權扼殺言論自由的一樁醜聞。

那時候我正在寧波諾丁漢大學教書，住在中國，因此知道一月二十五日恰逢春節期間，家家戶戶忙著過年，正是一般中國人對「時事」比較鈍感的時刻，再加上全中國各新聞媒體原來都已在事前收到中共中宣部、國務院新聞辦以及北京市新聞局的通知，要他們「不許刊登任何《冰點》停刊整頓的消息和評論」、「不許參加《冰點》編採召開的新聞發布會」、「不許炒作」、「要保持距離」等警告，所以透過主流媒體和傳統管道，根本不會有《冰點》這樣一份刊物遭到處分的消息！可是那段期間每當我打開電子郵件，有關《冰點》的傳聞就會一再被熱心的朋友們發送過來，網路上相關的討論更是不絕於耳，於是我終於忍不住仔細追究。而《冰點》停刊之所以會從原先被封鎖的內地新聞變成燙手的國際焦點，顯然便是網路科技這種一傳十、十傳百的功能使然，同時事件本身具有深遠影響的政治和文化意涵，自然更是使人們感到關心，並進一步願意負起傳播責任的主要原因。

《冰點》是《中國青年報》於一九九五年一月創始的欄目，以每期整版的規模和每週兩期的頻率推出。《冰點》的創辦人兼主編李大同，早年曾因「黑幫」子弟的身分被當作「北京盲流」，送到內蒙古草原上待了十一年，沒有上過大學，都是靠自學努力，但他一九七九年進入中國青年報社之後，從駐地方記者到編輯、部門主任，經歷了一張報紙新聞生產的所有流程。一九九五年開闢《冰點》以後，因為是中央媒介首次將普通老百姓做為新聞著力表現的對象，以透過對普通人的生活做細膩、生動的描寫，深刻揭露現行體制的腐敗與社會變遷，勇於刊登民眾關心的各種話題，乃使《冰點》一炮而紅，並使李大同本人成為中國新聞界的一號人物！

創刊以來，《冰點》的報導經常被各地報刊大量轉載，其中多篇已被改拍為電視專題片，四篇被拍成電影與電視劇，部分報導已被三家出版社精選成冊，是多所大學新聞科系必讀的參考書。此外，根據中國青年報社於一九九六年進行的讀者調查，當時的《冰點》已是讀者「最喜愛專版」的榜首，同年在中宣部的組織評選裡，《冰點》也被專家評定為「中央主要新聞媒介名欄目」；在中國青年報社二〇〇五年建立的「讀者評價系統」和「專家評價系統」中，《冰點》都是「經常閱讀率」及「品牌閱讀率」的榜首，二〇〇五年底，《冰點》更被大陸知名網站提名為該年度的「年度傳媒」。

那麼，這樣一份備受歡迎、積極背負新聞使命的刊物，為什麼會在二〇〇六年初面臨被封殺的命運呢？

為什麼《冰點》被停刊？

話說中共中宣部和《冰點》的矛盾醞釀許久，李大同在他二〇〇六年一月二十五日公開發表的抗議信裡至少就舉出四個實例：

其一是二〇〇五年六月一日，《冰點》刊登了〈平型關戰役與平型關大捷〉一文，記錄了國共兩軍攜手合作、浴血奮戰的歷史場面，是中國主流媒體首次正面報導國民黨將士曾在對日戰役中犧牲數萬人的戰鬥歷程，刊出後曾被中宣部嚴斥為「美化國民黨，貶低共產黨」；其二是《冰點》在連、宋訪大陸甫結束之際，刊登了龍應台的長文〈你可能不知道的台灣〉，介紹了台灣幾十年來的變化和發展，這篇文章也被中宣部指責為「處處針對共產黨」；其三是二〇〇五年十二月七日，《冰點》刊登了一篇回憶胡耀邦的文章，引起中宣部的不滿，批判《冰點》沒有遵守關於胡耀邦誕辰紀念會「只許發新華社通稿，不許有自選動作」的規定；其四則是一般認為造成《冰點》最後被禁的導火線，也就是二〇〇五年十一月三十日，《冰點》記者披露了武漢大學法學教授周葉中和他的學生戴激濤合著的《共和主義之憲政解讀》涉嫌剽竊，由於周曾經應邀去中南海授課，被採訪時態度強硬，恐嚇記者「中宣部會找你的！你們總編輯會找你的！」結果事發之後，中宣部和中青報社總編輯果然站在《冰點》的對立面，抨擊《冰點》有嚴重的輿論導向問題，並將相關的後續報導撤版，導致《冰點》二〇〇五年十二月二十八日那一期專刊破天荒地只剩下三個版面。

然而《冰點》和中宣部過招的次數實不僅於此，有人認為二〇〇六年一月十一日，《冰點》刊登了中山大學袁偉時教授對中學歷史教科書的針砭，才是

《冰點》遭到清算的癥結。袁教授在〈現代化與歷史教科書〉一文中指出，人民教育出版社編著的《中國歷史》第三冊，刻意將義和團英雄化的論述不僅出現史實上的謬誤，是非觀念更是混淆不清！因為這部歷史教科書顯然是以「愛國主義」為依歸，袁文痛陳道：「熱愛自己的祖國，理所當然。可是，如何愛國，卻有兩種不同的選擇。一種是盲目煽動民族情緒；中國傳統文化中『嚴華夷之辨』、『非我族類，其心必異』等觀念已深入骨髓。時至今日，餘毒未清。新的版本是：中外矛盾，中國必對；反列強、反洋人就是愛國。在史料選擇和運用中，不管是真是假，有利中國的就用。另一種選擇是：以理性的態度分析一切；是其是，非其非，冷靜、客觀、全面地看待和處理一切涉外矛盾。」

袁教授進一步指出，日本右翼勢力編纂教科書掩蓋歷史真相，激起了中韓兩國政府和人民的強烈抗議，這是伸張正義的鬥爭；可是看看中國教科書的編排，無疑也有類似的問題。他說：「當然，日本是侵略者，中國是被侵略者，這是截然不同的。可是，兩者也有共同點：社會的主流文化都對自己的近代史缺乏深刻的反思。」——可惜的是，像這樣條理分明但冷靜客觀對意識形態一針見血的批判，似乎已超出了中共黨政高層保守勢力願意忍受的極限，因此中宣部在二〇〇六年一月二十四日發出通告，以袁文為理由對李大同提出通報批評，並對《冰點》做出停刊整頓的懲罰。

《中國青年報》vs.中宣部

如前所述，《冰點》週刊是《中國青年報》一九九五年創設的專題版，《中國青年報》則是中共青年團的團報，於一九五一年成立，靠著公費訂閱，在全國各地的發行量一直都很高，不過一九七八年復刊之後，因為胡耀邦著意在共青團培養一種民主、活躍的傳統，《中青報》開始形成了不同於其他黨報的辦報文化，讀者群也開始深入「公費訂閱」以外的社會階層，尤其是青年學子。但無可諱言的是，《中青報》迄今高達四、五十萬份的發行量，百分之九十畢竟還是來自公費訂閱，其中相當多數更是團費訂閱，因此《中青報》和團中央不僅有領導和被領導的關係，也有發行上的依存關係，只不過在這雙重關係的束縛當中，《中青報》大體上堅守了三個原則，使之成為中國新聞界裡頗受同行和讀者肯定的刊物：第一、堅決不說假話；第二、不主動說假話；第三、一定要說假話時，絕不發明創造。套用該報資深記者盧躍剛的話來說，這三個原則「闡明了三條底線：一個正直的普通人的底線——堅決不說假話；一個職業報人的底線——力求不說假話；一家黨報——《中國青年報》的底線——被迫說假話時，只轉述上面強迫說的假話，雖然是從我們口裡說出的假話。不僅是假話，還有大話、套話。」

盧的這段文字，是從二〇〇四年六月十三日〈盧躍剛致中國共產主義青年團中央書記處常務書記趙勇的公開信〉中摘錄而來的，趙勇是當時新上任的團中央常務書記，代表黨內保守勢力來收編《中國青年報》，第一次到該報中層幹部會上講話時，就強調「誰要是不想幹，今天打報告今天就批准」、「《中國青年報》是『團報』，不是『抽象的大報』」、「不能用『理想主義』辦報」等充滿威脅性的字眼和訓示，促使該報七十多位編輯記者聯名寫了一封信給團中央書記處表達抗議，引起海內外的關注，而盧躍剛這封寫給趙勇的公開信更是旁徵博引，以一代報人的學識和歷練，將無知官僚痛批了一頓，讀來令人暢快淋漓，但卻也顯示了中國新一代報人與共青團主要領導人間的思想決裂。

此外，該報新任總編李而亮在二〇〇五年曾擬定一套《採編人員績效考評條例》，條文中明白規定，受到團中央書記處表揚的、受中宣部表揚的、受國家部委或省委表揚的、受中央領導表揚的報導，可加八十分至三百分不等，而受到這些領導批評的，則要反向扣分，至於讀者的正面迴響最多只能加五十分。《冰點》主編李大同對這份條例極其不滿，曾在二〇〇五年八月對該報總編輯和編委會發出了一篇洋洋灑灑的信函，指責該條例「以少數領導官員是否滿意」做為衡量新聞價值的標準，剝奪了記者對官場腐敗現象的監督權力，是要將記者和編輯「奴性化、通俗化」！

所謂「冰凍三尺非一日之寒」，部分觀察家表示，李大同這份萬言書恐怕也埋下了《冰點》遭受處置的另一伏筆。

新聞自由vs.政治改革

事實上，《冰點》的停刊並非獨立偶發的事件，二〇〇五年一年之間，大陸上敢於直陳社會黑暗和當政黑幕的媒體，都已陸續遭受當局不同程度的整肅，較為聞名的例子有《南方週末》、《新京報》、《經濟觀察報》、《河南商報》和《百姓雜誌》，他們或是被迫變成當局的宣傳喉舌，或是被迫停刊，或是編輯記者被解雇，或是編輯記者集體辭職等。所以《冰點》的遭遇可說是中國政府這波新聞緊箍咒的延續，當我們將《冰點》事件放在這個脈絡裡來思考時，比較耐人尋味的便不再是「為什麼《冰點》被禁？」的問題，而是為什麼中共高層在接受了一陣子「有限度」的新聞自由之後，最近卻決定走回頭路？

胡錦濤在二〇〇二年初任總理時，曾經表達推動部分政治改革的理想，使海內外莫不對胡、溫政權抱持高度期待。不過經濟自由化帶來貧富落差的加劇，造成農村和遊民問題的惡化，使胡錦濤很快改弦易轍，堅決反對任何放鬆管理的政策，以避免政權的鬆動，尤其對新聞自由格外敏感，因為對現狀負面的報導太可能挑戰到中共繼續執政的合理性，所以胡、溫政權提出了所謂「和諧社會」的口號，但用意卻不在針對造成社會不和諧的弊端對症下藥，而是要求透過各種管道對外宣揚一個和諧社會的表象，因此不僅對主流媒體加強監管，對網路媒介也採取了一連串的控制措施，包括要求Microsoft、Google、Yahoo等網站拿掉政治敏感的搜尋詞彙（如「天安門事件」等），並且成立專門的網路警察監視網路、電信和行動電話的使用！只是我們也都知道，中國民間盛行所謂「上有政策，下有對策」，中國政府的這場網路信息長期對抗戰，幾乎註定是一場打不贏的戰爭。

自從中國開放自由市場以來，共產主義的理念已經越來越站不住腳，執政當局若要憑藉共產主義或社會主義的信條鞏固政權，毋寧已經失去意識形態上的優勢，因此配合經濟改革的需要，中國究竟需要採取什麼程度的政治改革及社會改革，一直是大陸精英階層不斷辯論中的議題，許多人相信，思想和訊息的自由流通可以紓解社會壓力、改善社會問題，他們也相信，中國需要建立某一種民主性的機制，做為社會大眾宣洩不滿的窗口，扮演政府和民間緩衝與溝通的橋樑。因此就在《冰點》宣布停刊的同一天，十三位知名學者分別致書胡錦濤，為了維護新聞自由挺身而出；二月二日那天也有一群前任資深政府官員寫了一封聯名信給北京當局，要求政府放鬆新聞檢查，特別是對政治新聞和政治評論的檢查，因為他們相信中國社會今非昔比，刻正由專制體制走向憲政體制，如果在此當口剝奪人們的言論自由，非但不利於政治和社會的轉型，也將刺激社群的衝突並製造社會不安。

由此可見，《冰點》風波表面上或許已經暫告一個段落，但是大陸上有關新聞自由和政治改革的呼聲，卻不可能就此平息，這是大陸統治階層自由派和保守派的路線爭議，《冰點》停刊的後續反應才是我們藉以判斷中國政治生態和文化思維走向的一項指標。

苦悶的象徵

日本作家廚川白村曾說：「藝術是苦悶的象徵。」他所指的應該是藝術家內在心靈和精神生活上的一種苦悶，而藝術也就彷彿藝術家們宣洩此一苦悶的窗口。

不過我其實還有另外一種理解：一項作品的完成，泰半需要耗費創作者龐大的時間和精力，這當中的曲折與掙扎原已不足為外人道，但問題是在作品面世之後，這些心血結晶往往不見得能夠獲得世人任何的共鳴，有些絲毫不受注意，好比落在汪洋中的一滴水，還來不及激起最輕微的漣漪就已經消失無蹤，另外還有的則可能被抨擊得體無完膚、一無是處，簡直要教臉皮稍薄的創作者們抱頭鼠竄！這還不夠令人苦悶嗎？

正是基於這一點體認，每年曼布克獎的報導結束之後，我總習慣回頭再做一番流連，因為任何比賽，包括所有的文學獎，無疑都是勝利者的遊戲，而越是大型的文學獎，遺珠之憾也就難免越多，因此在活動高潮褪去之後重新檢視作家與作品，除了有企圖降低「苦悶指數」的用心，更是意在彌補大獎光環以外所照射不到的空白。

二〇〇三年曼布克獎的六部入圍小說當中，有高達三本為新人作品，而且最後由皮耶（DBC Pierre）的首部小說《維農少年》（*Vernon God Little*，天培）奪魁，不禁使人有新秀寫手專美於前的「長江後浪推前浪」之感！殊不知許多老牌作家其實並未保持緘默，在那一年裡都有新書問世，只不過在市場上和專家間的評價都不如理想而已，其中尤以馬丁．艾米斯（Martin Amis）的《黃狗》（*Yellow Dog*）招來了最大的爭議。

「偉大」的追求

馬丁．艾米斯稱得上是英國文壇「教父級」的人物，原因至少有三：第一，他來自文學世家，父親是以幽默小說《幸運吉姆》（*Lucky Jim*）風靡了一九五〇年代讀者的金斯利．艾米斯（Kingsley Amis, 1922-1995），雖然在不列顛以外的地區，金斯利的大名似乎已不再具有影響力，但在英國本土，艾米斯父子兩代的文名仍然擲地有聲；第二，馬丁本人成名甚早，一九八三年間，時年三十四歲的他便已是文學雜誌《葛蘭達》（*Granta*）第一代「最佳英國青年作家」名單上的頭號人物；第三則是馬丁的個人形象頗有符合「黑幫老大」之處，從他一張年方五歲即叼煙拍攝的照片裡，便已顯出了一份桀傲不馴、睥睨天下的神色……。

自於一九七〇年代出版了首部小說《瑞秋報告》（*The Rachel Papers*）以來，馬丁的黑色幽默已在英國文壇獨樹一幟，尤其是他的第五部小說——一九八四年出版的《金錢》（*Money*），更被視為馬丁的巔峰之作，背景設於紐約和倫敦，以尖銳、諷刺的手法刻劃出人性貪婪的面相，所以甚至有文評家推崇本書是一九八〇年代英、美社會最辛辣又傳神的縮影，從而將之譽為同年代英語小說的代表作。

但我相信少年得志的馬丁不免有其苦悶，原因同樣有好幾層。

首先，老艾米斯對兒子的小說並不青睞，想必是後者心中巨大的隱痛。雖然馬丁曾經解嘲地說，自己的父親做為一個小說讀者，閱讀品味奇差無比，但是當他提及金斯利一口氣讀完了他在一九九一年發表的《時間箭》（*Time's*

Arrow：寶瓶）且頗表讚賞時，欣喜之情卻溢於言表！可見在私底下，馬丁終究還是渴望父親的激勵吧?!可惜後來金斯利決定除了偵探小說之外，再也不看其他書籍，並於一九九五年撒手人寰，馬丁的隱痛只怕已成永遠的遺憾了。

其次，馬丁始終認為自己尚未寫出真正的傑作，並在潛意識裡不斷和時間賽跑，例如他從前經常在訪問中談到已逝大師們寫出成名作的年紀——《戰爭與和平》（*War and Peace*），三十五歲；《包法利夫人》（*Madame Bovary*），三十八歲；《傲慢與偏見》（*Pride and Prejudice*），二十一歲——可見他對自我的期許殊非等閒！不過隨著時光飛逝，馬丁終於不得不接受「年齡」只是一個數字，尤其現代醫學突飛猛進，這個數字在今天幾乎已不再具有特別的意義，因此他近來也曾坦然指出，貝婁（Saul Bellow, 1915-2005）直到八十五歲才完成了傳世之作，但重要的並非貝婁的歲數，而是他終於寫出了偉大作品的事實。

由此可見馬丁身為一個創作者，並不以「最佳」為滿足，而是以「偉大」為依歸，同時他心目中的「偉大」，又似乎是以作品的「嚴肅性」為標準，於是繼《金錢》之後，馬丁開始在字裡行間反覆探討自身的恐懼，包括通俗文化、暴力行為、性能力的喪失、錯認（或錯失）父權，乃至於核戰的爆發與人類的毀滅……等，只可惜馬丁雖然有意向讀者掏心挖肺，他的努力卻導致了兩極化的評價，而且整體觀之，負面的責難往往更甚於正面的肯定。

舉例來說，一九八九年問世的《倫敦曠野》（*London Fields*）和一九九五年的《資訊》（*The Information*），都是以冷戰為背景的長篇小說，不過一般咸認深度不足，反倒頗似中產階級男性在面臨中年危機時無聊的喃喃自語；兩部短篇小說集——一九八七年的《愛因斯坦之惡魔》（*Einstein's Monsters*）與一九九八年的《重水》（*Heavy Water*），無論是人物的塑造或情節的安排，皆被認為有不斷重複之嫌；一九九一年的《時間箭》和一九九七年的《夜車》（*Night Train*：寶瓶），是兩部具有實驗性質的中篇小說，其中《時間箭》藉由一名納粹軍醫之口，從其死亡倒敘到他出世的經過，《夜車》則刻意模仿美式偵探小說的創作肌理，結果雙雙暴露出馬丁跳躍式的思考模式，缺乏嚴謹的結構技巧；就連他的兩部非小說作品——二〇〇〇年的自傳《經驗》（*Experience*），以及二〇〇二年的傳記《史達林》（*Stalin, Koba the Dread*），也被指為充滿了自戀傾向而遭受諸多非議。

《黃狗》是馬丁回歸長篇小說的創作嘗試，六十五個段落中隱含了三條故事主軸：其一是英國王室，亨利九世（Henry IX）和他放浪形骸的女兒；其二是一個龐大的黑道家族，箇中的成員形形色色；其三是關於一個色情小報的記者斯莫克（Clint Smoker）。這幾條故事線的交集，是一個頭部受到襲擊的中年演員——米歐（Xan Meo），隨著情節的推展，我們發現亨利九世因收到女兒的裸照黑函而苦惱不已，而以照片向國王勒索的恐怖分子，原來和米歐有著某種關聯，米歐涉及黑道家族的某個環節，然後又和斯莫克發生了某種牽扯……，於是小說的佈局逐漸由點、而線、而面。

情節的設計並非本書引起爭議的主因，而是在於作家的文字技巧。馬丁承襲了自己一貫的寫作風格，在書中玩弄大量的文字遊戲，例如亨利九世有個中國情婦名「何」（He），因為「He」的英文又恰是「他」的意思，所以當作家在描寫國王和情婦的魚水之歡時，其中便衍生出各種同性戀的暗示，類似的例子不勝枚舉。

此外，小說亟欲探討的主題也同樣延續了馬丁對「偉大」的定義，從而一再予人似曾相識之感，譬如《黃狗》的高潮之一是揭露了書中父親的身分，猶如《金錢》的設計；本書以失憶症為關鍵性的情節轉折，恰似《金錢》、《資訊》，以及一九八一年的《其他人》（*Other People*）；性無能的題材曾出現在《金錢》、《時間箭》、《資訊》和一九七八年的《成功》（*Success*）；而對虐待兒童、流氓與色情等場景的描寫，則彷彿《倫敦曠野》的再現。

簡言之，《黃狗》是一部非常「馬丁．艾米斯」的作品，難怪熱愛馬丁小說的書迷認為本書堪稱小艾米斯的集大成之作，但是相對地，也有許多評論家以為《黃狗》一再炒作同樣的東西，顯示小艾米斯的創作思路已捉襟見肘。

面對毀譽參半的評價，馬丁．艾米斯如何自處呢？事實上，作家坦承已經很久不看有關自己新書的評論了！因為他認為惡評固然是一種打擊，好評容易令人自大，同樣對創作者有害，同時無論評論的好壞，他發現這些論點經常會在他的腦海中縈繞不去，而他不願意讓自己的大腦受到不必要的污染，畢竟他還有更重要的使命在向他召喚——哎，誰說文學創作不是一條寂寞又漫長的艱辛之旅呢？

自我突破的極限

除了小艾米斯本人之外，挾著《黃狗》之威而同時成為爭議焦點的，其實還有另外一個作家——提伯．費斯卻爾（Tibor Fischer），不過費斯卻爾的難處可能又是另一種苦悶的泉源。

費斯卻爾原是馬丁．艾米斯的忠實讀者，當馬丁先前的作品飽受貶謫時，費斯卻爾總是義無反顧地挺身捍衛馬丁，孰料當《黃狗》出版之後，費斯卻爾竟然成為本書最激烈的批判者，文字之尖酸刻薄無與倫比，在英國文壇吹皺了一池春水！

有人以為費斯卻爾之所以翻臉無情，拿馬丁當箭靶，目的是為了替自己同步上市的新書造勢。實情如何？很難說，不過費斯卻爾對自己原創性的要求相當嚴格，每一部作品都一反昔日窠臼，令人耳目一新，或許正因如此，他對馬丁再三炒冷飯的做法終於感到強烈的失望和反彈，也是很有可能。

一九九三年間，費斯卻爾以處女作《青蛙之下》（*Under the Frog*）榮獲《葛蘭達》第二代「最佳英國青年作家」的頭銜，並入圍了當年布克獎的決選名單。《青蛙之下》以一名棒球選手為主角，是一部場景設於一九五〇年代匈牙利的喜劇小說，曾經慘遭五十八次退稿，最後才被一家小型獨立出版社（Polygon）接受，因此在這樣一番披荊斬棘的奮戰之後始嚐勝利滋味，一般估計費斯卻爾會持續延用《青蛙之下》的風格以便討好讀者，卻不料作家不肯故技重施，繼之而來的《思想集團》（*The Thought Gang*）是一部艱澀的黑色喜劇，描寫一名劍橋的教授如何搶劫銀行，隨後的《收集者》（*The Collector Collector*）則以一只炒菜鍋為敘述者，充滿了後現代的幽默感。費斯卻爾說他是一個容易厭倦的人，因此他把每一個創作過程都視為對自己的挑戰，企圖尋求新的突破。

二〇〇三年出版的《旅程》（*Voyage*），是費斯卻爾的第四部小說，又一次不同於以往的作品，改採第一人稱做為敘述觀點，描寫一名年輕女子歐玄（Oceane）如何臥遊寰宇的故事。歐玄曾是一位艷舞舞孃，當金錢不再是問題之後，她開始透過科學技術和他人的旅遊經驗，把「世界」帶到自己的倫敦公寓裡，一步也不願離開家裡。

費斯卻爾表示，本書意在探討現代人對「真實」與「虛擬」經驗的觀感，以及「人類互動」模式的變與不變，他感到很好奇的是，當人們「不需要」離開家門一步就能享有一切時，一般人是否仍會選擇外出？此外，本書有一部分的靈感也源自他對倫敦社會的日益不滿，他以為過去的小說之所以充滿了希望，是因為從前的作者往往有一個共識，就是相信只要教育能夠普及、改善一般大眾的居住環境後，整個社會的素質就能提升；但他逐漸覺得，即使解決了這些外在的條件，仍舊不可能改變人性本質的問題，難怪他筆下的歐玄最後寧可選擇不再涉足外面的世界了。

《旅程》的構思與撰寫耗費了費斯卻爾四年的光陰，弔詭的是，雖然歐玄可以大門不出、二門不邁，但身為寫作者的費斯卻爾，卻必須消磨許多時間在旅行、研究與蒐集資料上頭。也因此當《旅程》的問世頗有「船過水無痕」的態勢，而向來對「研究」嗤之以鼻的馬丁．艾米斯，卻因出版了千篇一律的《黃狗》吸引了各界的目光時，費斯卻爾心情的鬱卒可想而知！費斯卻爾自己曾說：「大多數的書評都跟所評的書籍無關，而是跟評論的人有關。」由此看來，他對《黃狗》的重砲轟擊，應該也可以解讀成是作家內心苦悶的另一種象徵吧?!

暢銷書作者的荒謬事件

繼J・K・羅琳（J. K. Rowling）和菲力浦・普曼（Philip Pullman）之後，近來又有一位「大小通吃」的作家崛起英國文壇——馬克・海登（Mark Haddon）。

出生於一九六三年的哈登，在二〇〇三年六月間推出了第一部成人小說《深夜小狗神祕習題》（*The Curious Incident of the Dog in the Night-time*：大塊），因為和羅琳的哈利波特第五集《鳳凰會密令》（*Harry Potter and the Order of the Phoenix*）同步問世，光芒簡直全被羅琳佔盡，因此一開始並未受到媒體的廣泛注意。不過有道是「好書不寂寞」，《深夜小狗神祕習題》透過讀者的口耳相傳、書評家的大力推薦，以及一路過關斬將摘下十七座大小文學獎項的傲人成績，一年內在全球三十多個國家傾銷了一百多萬冊，並簽下好萊塢電影合約，終於使海登堂而皇之走進了暢銷作家之列！

《深夜小狗神祕習題》和羅琳的「哈利波特系列」、普曼的「黑色元素三部曲」（*Black Material's Trilogy*）有一個共同特色，也就是這些作品都同時吸引了兒童和成人讀者，而正因有了羅琳和普曼成功的前例，強納森．凱柏出版社（Jonathan Cape）總編輯丹．富蘭克林（Dan Franklin）在收到本書初稿時，便產生了在不同年齡層書市聯手促銷的構思，雖然海登堅持《深》書的書寫是以成人讀者為對象，但富蘭克林告訴他，自己十三歲大的女兒跟他一樣對《深》書愛不釋手，讓海登驚訝得瞠目結舌，進而接受了富蘭克林的建議，以兩種不同排版同時上市——成人版由強納森．凱柏出版社發行，兒童版由大衛．菲克林圖書公司（David Fickling Books）負責，結果一舉奏效。

但是《深夜小狗神祕習題》之所以成功，絕非僅靠聰明的發行策略，小說本身動人的力量才是真正的關鍵。本書主角是一名年方十五歲的男孩克里斯多夫．布恩（Christopher Boone），由於患有亞斯伯格氏症（Asperger's syndrome，即一種自閉症），布恩擁有過人的數學領悟力，但對人類社會的行為動機、情緒變化等卻概念全無！換句話說，布恩的智商（IQ）或許很高，情緒智商（EQ）卻全然不及格。有天晚上，鄰居的小狗被謀殺了，於是布恩巧扮神探福爾摩斯（Sherlock Holmes），一步步揭開謎底，在這個過程中，讀者對自閉症男孩的內在思維獲得了一種全新的理解，從而對男孩週遭的人事衍生了新的同情。

全書藉由布恩之口娓娓道來，往往令人笑中帶淚，同時清新流暢的筆觸也充滿了啟發性，使人在閱畢全書之際，忍不住對生命、對人際關係的互動產生一種別開生面的觀照。

英國神經科學家奧立佛．薩克斯（Oliver Sacks）曾經讚譽本書以機智、幽默的筆法寫活了自閉症男孩的內心世界，而我因為生活週遭有著這麼一位得了亞斯伯格氏症的男孩，從他在諾丁漢大學（University of Nottingham）新鮮人時期一直到他完成博士研究的數年當中，各種接觸使我對他的自閉傾向具有一些粗淺的認識，《深夜小狗神祕習題》對我來說彷彿一把神祕的鑰匙，原本只能透過窺視孔向內張望的門扉忽然打了開來，使我在靈光乍現的剎那中瞥見門內另一番奇特的天地。

然而也正因海登把布恩寫得神龍活現，文壇曾經一度謠傳海登本人也是亞斯伯格氏症的患者，事實卻不盡然！

海登坦承自己曾是一個過分敏感的孩子，從小就喜歡畫圖，經常感覺很憂鬱、焦躁，對自己充滿了疑惑。他的父親是建築師，因此在整個一九七〇年代的成長過程裡，印象最深刻的記憶，就是不斷在父親丟棄的設計草圖背面塗鴉。

十六歲那年海登下決心要成為作家，而根據這個抉擇，他選擇了幾門大學考試的必修科目，進入牛津大學（University of Oxford）攻讀英語文學，可是因為數學仍是他個人私心裡的最愛，因此閒來無事解答數學謎題，便成為他至今最大的消遣。

他認為自己在大學期間並無特別出色的表現，是那種平凡、過胖又帶點嚴肅的大男生，對前途與生命感到相當茫然，不過他同時也發覺自己頗能逗同伴發笑，因此幽默感似乎是他的長處之一。

大學畢業以後，海登擔任了一段時間的社區志工，專門照顧身心障礙兒童，結果他發現許多具有自閉症的孩子，跟其他人一樣也會受到性慾、金錢和住宅問題的困擾，尤其是「性」！這段期間的經歷，應該是形成「克里斯多夫．布恩」這個人物的前因。

不過海登表示，他從未刻意想要寫出自閉症兒童的故事，而是有一天在電視卡通裡見到一隻小狗死在釘耙之下的畫面，當他想用文字描繪出這個意象的時候，意外地發現，如果採用不帶絲毫情緒的平淡語調做敘述的話，便會產生一種令人忍俊不住的效果，於是他的耳際響起了布恩的聲音，並慢慢由聲音幻化成具體的形象，進而架構出《深夜小狗神祕習題》。

在擔任社區志工的同時，海登也開始幫報章雜誌畫插圖，逐漸變成小有名氣的卡通插畫家，作品經常在《新領袖》（*New Statesman*）、《私家眼》（*Private Eye*）與《衛報》（*The Guardian*）等英國著名的刊物上出現，使他一步步走上專職創作的生涯。二十二歲那年，海登初步實現了年輕時的願望，正式成為「出書」的作家，先後出版了十六部兒童小說，代表作如《Z情報員》（*Agent Z*）、《來自火星的企鵝》（*The Penguin from Mars*）、《冰熊的洞穴》（*The Ice Bear's Cave*）與《祕密情報員手冊》（*Secret Agent Handbook*）等，其中許多作品都是由他自己親手插畫。此外，海登的創作還包括詩和電視劇本，他為英國廣播協會（簡稱ＢＢＣ）改編的電視劇，曾為他贏得兩座英國影視藝術協會（Baftas）的大獎呢！

由此可見，在寫出《深夜小狗神祕習題》之前，海登或許在英國文壇名不見經傳，但他無疑已在創作的路途中奮戰多年。雖然他自承寫過五本未曾出版的成人小說，一本比一本更糟；他精雕細琢配上插畫的童書作品曾被菲力浦．普曼嗤之以鼻，認為「只不過是咖啡桌上的另一種擺設」；同時《深夜小狗神祕習題》也曾受到二〇〇三年曼布克獎評審團的歧視，以為本書「只能算得上是兒童文學」，拒於千里之外……。但當海登的作品終於引起舉世共鳴，當他的聲譽終於和普曼並駕齊驅，當《深夜小狗神祕習題》終於以「成人小說」的姿態，獲頒二〇〇三年惠特比文學獎「年度代表作」（Book of the Year）的殊榮時，美夢成真的果實似乎也顯得份外甜美。

一夜成名的藝術

很奇怪，每年聖誕節的英國書市總會出現幾匹黑馬，它們之所以成功，往往在書商和出版社的預料之外，但是不容否認，英國閱讀大眾和文學記者，幾乎人人都很期待這類暢銷書的到來！尤其每當年終歲末之際，發掘了一夜成名的「非典型」暢銷書，似乎更能平添佳節奇妙、歡樂的色彩。

猶記得這幾年來最耀眼的一匹聖誕黑馬，或許首推一九九六年出版的《尋找地球刻度的人》（*Longitude*：時報），作者梭貝爾（Dava Sobel）以平實的手法，敘述英國科學家哈里森（John Harrison, 1693-1776）如何在海上測量經度的過程，甫推出即告售罄，雖然跌破專家眼鏡，卻樂得出版社加緊再版，連翻譯版權都變得非常熱門！國內搶風氣之先，短期間內已有了中文版的問世。

二〇〇二年的黑馬寶座，是由舒特（Ben Schott）的《原始瑣事》（***Original***

Miscellany）榮登，書中記載了各種有用和（大部分）無用的事實與數據，其中很多甚至是大多數人連作夢都不曾想過的問題！例如〇〇七電影中每位壞蛋和美女的名字、哪一位美國總統出現在哪一種面額的美鈔上，或者哪一位緬甸國王是怎麼個死法……等等。然而不知怎地，本書在二〇〇二年十一月問世之後，卻特別吸引大眾的注意力，簡直成了人人必買的聖誕禮物之一，於是眨眼間就在毫無預警之下變成了財源廣進的暢銷作品！可是當舒特再接再厲，每年都推出一本更新鮮絕妙的瑣事軼聞時，卻都已經風光不再，沒有任何一部能在銷售上望得了《原始瑣事》的項背。

二〇〇三年的聖誕節異數，則恐怕非特拉斯（Lynne Truss）的文法書《吃完，射擊後離開》（*Eats, Shoots and Leaves*）莫屬！出版社原只印行一萬五千本，既沒有廣告、宣傳的預算，連封面設計都非常簡單——淺黃色的背景上，一隻熊貓正試著把書名中的「逗點」漆掉。可是靠著口耳相傳，本書出版後四週之內，便已經賣出超過四十萬本！誰能想得到，一本以標點符號為主題的專書，竟能造成偌大轟動?!

某些專家以「事後孔明」的姿態表示，有趣的文法書籍被搶購一空，應是其來有自。自從一九七〇年代起，英國人擔心文法會限制學童的表達能力並減低學習語言的興趣，因此各級學校逐漸廢除了英語文法的教學，結果造成英國年輕一代書寫能力的大幅衰退！有鑑於此，英語文法近來終於又被放進了教育部的課程表內，而所有為本身文法常識不足倍覺汗顏的一般民眾，不分年齡與行業，無不暗地裡祈禱著早日出現這麼一本「絕地逢生」的文法秘訣。

特拉斯坦承，上述分析是否確實，她無法置評，但是在日常生活中，每當讀到滿紙亂飛的標點符號，她就忍不住怒火中燒，同時她相信許多對「英語」有份執著的人們，可能都有類似的心聲，因此這部作品便是她為志同道合者們發出的不平之鳴！至於書名的選擇，來自她最喜歡的一則笑話——有一張關於熊貓的野生動物海報，上面放著一張熊貓的照片，照片底下寫著：「熊貓，黑白相間哺乳動物，來自中國，吃竹筍和樹葉（Eats shoots and leaves）。」可是因為加錯了一個逗點，文義大變，成了「吃完，射擊後離開（Eats, shoots and leaves）」，使得好好一張宣傳海報變成通緝犯的通告！由此也可見，毫不起眼的小小標點，實際上對語言的表達是多麼重要。

走筆至此，我想我們可以得出一個結論，也就是暢銷書的形成泰半無跡可尋，但或許你也可以將之視為一種天時、地利、人和齊備後的水到渠成。

不過話又說回來，正因為暢銷書的出現往往是如此出人意表，一般很容易誤將這些作家的「一夜成名」歸於「運氣」使然；但我認為不盡然。許多英國的「暢銷」作者在走紅之前，其實已經筆耕多年，例如英國作家麥克伊溫（Ian McEwan），當年雖因《初戀異想》（*First Love, Last Rites*：商周）一書而搖身變為小說大家，但在此前他早已不斷在各類雜誌上磨練寫作技巧；寫出《吃完，射擊後離開》的特拉斯固然直到二〇〇三年底才突然變得家喻戶曉，但她也是英國文壇默默耕耘的老手，多年來不斷發表著各類報導、評論和小說。

因此對讀者而言，表面上所謂的「一夜成名」，從創作者的角度來看，卻很可能是幾經奮鬥後的成果。愛迪生曾說：「成功是一分的天才，加上九十九分的努力。」在「一夜成名」的藝術裡，又何嘗不是真理?!

聽書

因為我近年來的寫作範圍多以「書」為主題，朋友們往往很好奇我怎麼有那麼多的時間看書？又或者私下納悶，我看英文書的速度真有那麼快嗎？

實不相瞞，原來我是有祕密武器的——我閒暇時不但看書，也聽書，而且越聽越多，越聽越快，甚至還越聽越上癮！別人帶隨身聽多是為了聽音樂，但是現在的我用隨身聽，十之八九都是在聽書，只因為聽書的樂趣無窮。

之所以迷上聽書，一開始是為了工作上的便利，那麼我的工作到底是什麼呢？倒是有點兒難以定義，姑且算我是身兼數職吧！不過無論是研究、教學、寫作、翻譯或編輯，我都需要大量閱讀，盯在電腦螢幕前的時間更不能少，也因此每天晚上臨睡前，往往是我唯一能夠看點兒閒書的時間，可是用了一整天的眼睛之後，有時候儘管腦筋仍很清醒，卻還真累得不願睜眼，於是那時我便經常幻想，如果有人可以讀書給我聽，讓我的眼睛休息休息，該多好？

起了這樣的念頭之後，久而久之，我逛書店時總算開始注意到了一個從前視而不見的欄目——「Spoken Words」，翻成中文大概就是「有聲書」了吧？

在英國，這類有聲書的錄音帶或光碟形形色色，不少是現代作品節錄之後的錄音版，完整版方面則多屬廣播劇的錄音，劇種包括現代戲劇、新編喜劇、連續劇、莎翁名劇，以及古典或現代小說改編而成的戲碼……等，選擇還算豐富，只不過廣播劇並不符合我對「聽書」的要求，好比我雖然喜歡看電影，同時絕不排斥觀賞小說改編而成的文學電影，可是我並不覺得看了電影就等於讀過了原著，所以如果我對某部小說感興趣的話，即使看過了電影，我還是得找時間去看那本書！也因此節錄版或廣播劇並不能真的達到我想以「聽書」代替「讀書」的目的，不禁令我覺得好生遺憾。

直到有一天，我藉著去社區圖書館還書之便，興起到平時足跡未到之處隨意瀏覽，不料竟然發現了寶藏——好多好多的有聲書啊！想來主要便是為了不太識字、眼睛不便，以及像我這種有「特殊需求」的讀者提供服務吧？其中雖然也有廣播劇和節錄版，但更多是現代小說、非小說作品、乃至新舊約聖經全套整齊的錄音版，完全滿足了我原先的幻想，於是從此也就展開了我的聽書生涯。

我發現良好的說書者不但能使作品生色不少，而且好聽的說書聲音，無形中好像還具有一種安撫的作用，能使聽者感到愉快和滿足。或許這正是小朋友們特別愛聽人講故事，尤其是爸媽在床邊讀故事書的原因之一？有時候即使是一再複述同一本故事書，好像也能教他們百聽不厭呢！

我自己倒是記不得小時候有沒有聽媽媽說過床邊故事了，不過我還記得大學時代，有天下午無意間在收音機裡聽到一個悅耳的女聲在說書，一下子吸引了我的注意力，聽到末了才知道原來是瓊瑤的《菟絲花》，但我事後沒急著去買書，卻每天固定守在收音機前成了忠實聽眾，直到節目全部結束，電台遲遲沒有繼續說另一本書的打算，我這才在悵然中再度回頭去讀瓊瑤，重溫過去早曾拜讀再三的浪漫愛情小說。

英國的出版社顯然很了解說書聲音的重要性，所以絕大多數的說書人都具有深厚的舞台表演功力，深知如何利用抑揚頓挫來傳達文字的感情，而且我猜想說書人的選擇，很可能還經過了某種類似劇場選角的過程，以致每個說書者的聲音都儘可能傳神地貼近了小說敘述者的身分！例如威爾登（Fay Weldon）的成名小說《女魔王的生活與愛情》（*The Life and Loves of a She-Devil*），敘述一位家庭主婦受夠了做「好女人」的折磨，決心搖身一變做「壞女人」，耍盡手段和心機累聚財富與權力，最後並透過手術易容將前夫玩弄於股掌之間，於是出版社找來為這本書配音的女聲，便是屬於字正腔圓、內在激情而外表冷漠的類型；馬泰爾（Yann Martel）摘下二〇〇二年布克獎桂冠的《少年Pi的奇幻漂流》（*Life of Pi*），敘述一個身兼印度教、基督教和回教三種信仰的印度男孩，因為發生船難，和一隻老虎共同在太平洋漂流的一葉扁舟上，共度了將近一年的光陰，而選擇為這本書講述的男聲聽來雖仍年輕，嗓音卻具有歷經滄桑的特質，同時在為書中對話配音時，更帶有典型的印度英文口音。

通常女作家的有聲書都會找女性說書人配音，而男作家的作品則找男性，不過也有例外，例如愛特伍（Margaret Atwood）在二〇〇三年完成的小說《末世男女》（*Oryx and Crake*：天培），描寫二十一世紀末期，基因工程的發展到極致之後為人類所帶來的空前浩劫，因為小說敘述者是一名男性生還者，所以為本書配音的說書人便是男性而非女性；羅琳（J. K. Rowling）風靡全球的兒童小說《哈利波特》（*Harry Potter*）系列，雖然作者是藉第三者的身分採取了全知觀點的敘述手法，但因主人翁哈利是個男孩子，他的魔法寄宿學校充滿了牛津和劍橋的色彩，所以找來為本系列配音的說書人，便是英國演藝界十分受到敬重的劍橋畢業生、屬於思辯型的喜劇演員史蒂芬・富萊（Stephan Fry），盼能藉由富萊清晰的咬字、深具磁性和戲劇性的嗓音吸引小朋友的注意力。

此外，某些有聲書還會直接找作者本人來說書，例如由中國大陸到英國定居的張戎，以祖母、母親與自己三代女人的生命史寫出了英文版的《鴻》（*Wild Swans*），前美國第一夫人希拉蕊・柯林頓（Hilary Clinton）的自傳《活出歷史》（*Living History*：時報），以及愛爾蘭作家麥考特（Frank McCourt）以第一人稱紀念母親和童年往事的《安琪拉的灰燼》（*Angela's Ashes*：皇冠），這三本書皆由作者本人侃侃而談，更增添了自傳類有聲書的親和力；美國暢銷旅遊作家比爾・布萊森（Bill Bryson）的得獎科普傑作《萬物簡史》（*A Short History of Nearly Everything*：時報），從他為何決定撈過界寫科普書、如何蒐集資料寫作，一直講到他在整個過程中有了什麼樣的發現……等，因此當聲音版是由作者自己現身說法時，聽來也格外順理成章！其實，這種情況並不只限於非小說類作品，美國小說家佛瑞哲（Charles Frazier）被改編成好萊塢電影的暢銷小說《冷山》（*Cold Mountain*：輕舟），就出了兩種有聲書版，其中節錄版由一名男說書人加以錄製，完整版則是由佛瑞哲本人親自出馬，本書充滿文學性的筆法在作者口中娓娓道來，成了「文如其人」的另一體現。

自從聽書聽習慣了之後，我現在幾乎隨時隨地都愛聽書，特別是早上梳洗時、一個人走路散步時、晚上泡在浴缸裡，或者夜裡臨睡前……，一方面覺得是很好的時間利用，讓每天的生活都變得很充實，但另一方面也自覺好像是上癮了？因為每當閒來無事，如果不想幹別的活兒或者讀書看報，即使只有三、五分鐘，我也會隨手按下放音鍵，很快地讓飄浮的思緒隨著說書人進入另外一個世界，獨自樂在其中。

不過話又說回來，「聽書」並未全然取代我「讀書」的習慣，畢竟並非所有的書籍都有優質的錄音版本，而且紙本書籍隨身攜帶的輕便性，終究不是有聲書所能及，再加上每逢有大段時間可以運用時，我往往還是寧可專心讀書，而非全神貫注地聽書，因為一口氣聽久了容易睡著，可是讀書的速度快慢不但可以由自己來調節，讀書的方法與想像的空間也是由自己來創造，因此我相信有聲書與傳統書籍的出版應該是相輔相成，而非零和賽局式的彼此取代或激烈競爭。

最後，我發現有聲書還有一個致命的缺點，也就是當我聽完一本書之後，如果想要告訴別人某一段特別精采的文字敘述，往往愛莫能助，因為面對那一、二十捲錄音帶，我常常很難精準地找到令我念念不忘的段落，結果多半不了了之！相對之下，傳統書籍便比較沒有這方面的困擾，我可以快速翻到需要的章節，甚至可以再三品讀心儀的段落，一直到幾乎可以背下來為止。也因此聽過了有聲書之後，我通常還是得把自己特別喜歡的紙版作品買回家，以備必要時查閱——看來，出版的形式越多，愛書人的開銷也只好越來越大，幸好有圖書館的存在，否則後果真是不堪設想呀！

最近我和外子格雷加入了一個由學校成人教育系策劃的讀書會，這是他們對外開辦的眾多休閒課程之一，每個月聚會一次，每次的主講人都不相同，而會員們每個月所閱讀的小說，便是主講人事先所指定的自己最心愛的作品。

我發現每個人參加讀書會的動機都不太一樣，但在某個層面上說來，其實也都大同小異，而這種雷同之處，很可能就成了某個讀書會的特色之一。舉例來說，格雷和我都是愛書人，同時我們的工作也都需要我們大量閱讀，問題是書海浩瀚，學涯無邊，無論再怎麼努力，總還是覺得自己看書的時間太少，讀得不夠！因此我們決定參加一個無關個人專業的讀書會，便是希望能夠拓展視野，並且透過團體的壓力，敦促自己翻閱平常可能根本不會碰觸的書籍。結果我發現我們讀書會裡的二十多人，幾乎個個也都有「愛書成癡」的癖性——三位中小學歷史老師，她們同時都是其他讀書會的成員；兩位圖書館員；一位正在攻讀英文學位的大學生；多位上班族以及好幾個家庭主婦，其中不少都是成人教育系其他課程的學員，上過不同的寫作班、小說班、莎士比亞戲劇班……等。換句話說，我們的讀書會無形中似乎充滿了「學究」氣息。

但並非每個讀書會都如此，有的讀書會很小型，有的讀書會完全沒有主講人，有的採會員輪流制，有的聚會間隔長達三、四個月，有的只讀某位作家的作品，有的只讀科幻小說，還有的根本拒絕「學者」的參與，只為了增添日常生活的一點情趣……，說得上是五花八門！

根據讀書會專家哈特里教授（Professor Jenny Hartley）指出，全英國目前至少有五萬個讀書會，許多固然存在於校園、圖書館、書店等傳統與「書」相關的場所，更多是在公司、酒吧、咖啡廳和家裡舉行，因此很難做出精確的估計，然而不容否認的是，讀書會已經是今天英國中產階級生活的一種文化現象了，因此如果你自己不是讀書會的成員，十之八九的機會，你一定認識某個人是！

果不其然，就在我投身加入之前，我就知道有兩個朋友分別組織了讀書會——其中一個不定期聚會，每次都在市中心的一個大飯店裡見面，她說主要目的除了讀小說、聊小說之外，其實也意圖找幾個志同道合的朋友一塊兒吃喝玩樂；另外一個則是每兩個月在自己倫敦的家裡舉行，只准女人參與，因為她說不想把讀書會搞成戀愛俱樂部。

說起來，我的朋友顯然是很有點兒先見之明的，畢竟，雖然大部分（或所有）的讀書會都是以「書」為主要成分，但它們終究還是都跟書以外的東西有著密切關聯。正如哈特里教授所發現的，讀書會帶有越來越深的聯誼色彩，因為孤獨而又忙碌的現代人都渴望能夠藉機擴大生活圈，多認識一些不同的朋友；有些人覺得每隔一陣子買本書，然後呼朋引伴暢談一個下午或一個晚上，比買票進電影院或戲院更加划算、更有娛樂效果；還有不少單身貴族更進一步希望能夠透過類似的興趣，從中覓得未來的理想伴侶……！形形色色的盤算和願望，原都無可厚非，只要參與者知道、也都同意自己讀書會的遊戲規則，讀書會就能快樂而自然地延續下去。

而我相信正是這種伸縮自如的性格，使得讀書會和現代人的生活產生了緊密的扣合，從而蓬勃發展！讀書會開始在英國快速崛起大約是二〇〇〇年左右的事，那時各式各樣的讀書會在英國各地如雨後春筍般地冒出頭來，許多觀察家都覺得讀書會即將進入飽和階段，孰料七、八年之後，英國讀書會的數字卻仍不斷上漲，因此專家們也終於承認，讀書會在英國已不再只是個流行一時的文化現象，而是在各方面都具有無窮潛力的自發性組織與活動了。

事實上，我覺得讀書會還發揮了兩個重要的功能，而這兩個功能本身，說不定也正是回頭促使讀書會持續成長的動力——讀書會把文學的詮釋權從專家的手中解放出來，讓每個人都有機會在自己的團體面前暢所欲言；此外，讀書會也在過於龐大的出版海洋中為讀者們提供了一片浮木，理出了一點可供依循的閱讀方向，所以每個讀書會成員都可以理直氣壯地說：我知道有上百本書都值得一讀，但我暫時只有時間讀這一本書，因為我們讀書會……。這個「因為」，使我們獲得了某種身分和智識上的認同，而這份認同，則使我們在自己的讀書會中找到了某種歸屬。

二〇〇四年旅港期間，我和外子格雷住在香港中文大學，當時適逢「香江國際文學節」（The Man Hong Kong International Literary Festival）的盛宴，幸好在大學的日常行程表上配合得過來，所以就興沖沖地臨時買票去參加湯亭亭（Maxine Hong Kingston）、任碧蓮（Gish Jen）和裘小龍（Qiu Xiaolong）等人的演講。

這三位作者當中，湯亭亭與任碧蓮都是「華裔美國作家」，前者以一九七六年出版的《女戰士》（*Woman Warrior*）一書聲名大噪，她在文學節召開期間的最新作品為二〇〇三年問世的《第五部和平之書》（*The Fifth Book of Peace*）；後者曾以《典型美國人》（*Typical American*）、《夢娜在聖地》（*Mona in the Promised Land*）以及《誰是愛爾蘭人》（*Who's Irish?*）等幽默小說刻畫出移民者的悲喜劇，頗得我心；至於裘小龍，我則覺得應該稱之為「旅美華人作家」，因為他是成年後到美國留學深造，之後才在新大陸謀職定居的，他在文學節期間出版了一部以中國人為主角的英文偵探小說，因此李小龍和湯、任兩位的身分認同、心路歷程及寫作資歷，毋寧都有相當的差異。

從主辦單位的宣傳資料看來，這場演講的主題是要探討「全球中國文學」（Global Chinese literature），因為世界各角落的華裔及華人作家不僅以中文，也以各種不同的語言筆耕不輟，因此要談當今的中國文學，似乎不應侷限於「在中國所書寫的」文學作品，而應將眼光放寬，把海外的華語文學、華裔文學及華人文學通通放進來一起看才對。我覺得這個觀點很有意思，便特別選擇去參加這一場討論活動，不過很遺憾的是，那天晚上無論是湯亭亭、任碧蓮或裘小龍的談話，都不曾真正涉及這個題旨，他們只是分別談了談個人的寫作經驗，選讀幾段自己的作品，然後在主持人的仲介之下，簡短回答了幾個在場觀眾天馬行空的問題。

按理說，我應該覺得很失望才對，因為沒有聽到預期中的宏論，不過很奇怪的是，散場後我不但不覺得失望，反而還感覺挺充實、挺有收穫的，為什麼呢？連我自己都忍不住好奇。

於是我想起了念國中的時候，曾經最喜歡聽三毛的現身說法。其實仔細分析起來，我參加過的幾場三毛演講會，內容差不多都大同小異，作家好像也沒有說出過什麼深奧的哲理，是讓人到今天都受用不盡的；可是三毛本身的風采，卻令我印象深刻，而且她感性與靈性兼具的訴求格外具有魅力，我至今仍記得每次離開演講會場時，與會眾人那種如癡如醉的神色，以及我心裡一種說不出的感動與啟發。

話又說回來，我覺得三毛最好的作品，原也都是她早期用心、用情寫出來的文字，到了晚期，尤其是荷西去世以後，多情的三毛彷彿已經掏空了自己，因此雖然她仍繼續在世界各地旅行，卻更像斷了線的風箏，而不若早年浪跡天涯似的浪漫，同時她此時的作品雖也仍秉持一貫的風格，以「心」為出發點，卻無奈這顆心已然支離破碎，因此字裡行間無論再怎麼情深意切，讀來總覺得缺乏一種血肉相連的真實感……。三毛最後選擇自戕，令人扼腕三嘆！

那麼再回到「全球中國文學」的演講，我想，如果這是一場學術研討會，我無疑會有受騙的感覺，因為對追求知識的需求沒有獲得滿足；但是學術或許可能和文學掛勾，文學創作卻無關學術，當讀者和作者面對面時，除了理性方面的心智活動之外，顯然還有感性層面的心靈運作在暗中進行，從而在無形中使讀者的精神境界獲得某種啟迪或昇華。

由此也可見，閱讀是多面向的活動，閱讀的樂趣更是來自四面八方，而當有幸和喜愛的作者進行「第一類接觸」時，如果在理性、感性、智性或靈性任何一方面能夠獲得滿足的話，那麼，快樂的讀者或許很容易都會變成快樂的聽／觀眾吧？

當作者遇到讀者……

英國同志作家霍林赫斯特（Alan Hollinghurst）在榮獲二〇〇四年曼布克獎之後，許多記者問他有何感想，他說當然非常興奮，但他有時也企圖想要解釋，真正讓他興奮的原因，其實並不完全是金錢上的報酬，而是當一個小說家耗費了五、六年的時間從事所謂的「創作」時，往往是一種非常孤獨的過程，有時候孤獨到令人覺得迷失！而得獎，至少表示在那長期的迷惑與掙扎之後，有人在意，在某個地方有某一群人對你的心力勞動起了共鳴，願意幫你除去先前那種刻骨銘心的迷惘，因此這才是最讓他興奮的理由。

我不知道有多少人相信霍林赫斯特所說的話，我自己倒是深信不疑的。

我經常覺得「作家」是一個非常奇怪的身分。一個建築師在不蓋大樓的時候，可以仍然是建築師；一個老師在不教導學生的時候，也可以仍然是老師；

但是一個久不提筆的作家算不算作家？一個沒有讀者的作家算不算作家？一個筆耕不輟，又有眾多親友當讀者但從未出版的作家，算不算是作家呢？

這個世界上的許多「身分」，好像泰半都是由外界賦予的，而且一經賦予就變得理所當然，唯獨「作家」（或「藝術家」）這類身分非常難以理直氣壯，因為它一方面必須具有強烈的內發性，但是純粹仰賴這種內發性又不足以自存，還必須有某一種來自外界的認可，例如正式的發表或出版，或者是得獎（可惜此乃可遇而不可求的機緣），或者是當一個作者遇見了讀過他作品的讀者時，那時，那個「作家」的身分才會真正地具象化起來，突然變成具有深刻的意義！問題是，在那電光石火般的碰撞之後，很多「作家」又會逐漸回復到原先的孤獨、甚至迷失狀態，一直到下一個碰撞或肯定的出現為止。

好多年前席慕蓉曾經提過，當初戶口調查員要為她填寫「職業欄」時，她說她是寫詩的，令調查員頭疼不已，因為在一般人的眼中，「詩人」很難算是「正當職業」，所以後來席慕蓉的「職業欄」就被填成「家管」了。——我記得當時曾想，還好席慕蓉是女人，要不然在那個性別概念仍相當保守的年代，如果席慕蓉是男人，他的職業欄不就要被填成「無業」了嗎？創作的過程分明是嘔心瀝血，但旁人看來卻彷彿只是遊手好閒、無所事是，還有比「作家」更

「超現實」的「職業」嗎？

所以我認為，堅持以寫作為一生志業的人，是需要有很大的勇氣的，不只是拒絕世俗的、對物質生活斤斤計較的勇氣，更需要一種執著於自我信念和價值觀的勇氣。我知道作家有很多種，有的為稻謀糧，賣文維生，例如狄更斯（Charles Dickens, 1812-1870）；有的以天下為己任，以文載道，例如韓愈、范仲淹；但是另外還有一種作家，寫作對他們而言絕不僅止於一種嗜好，而是一種生命的必需，因為如果不寫，就覺得不完整，所以他們有時候是為自己而寫，算是自己跟自己說話，有時候是為別人寫，以便把一種思想、一個概念或一樁故事，透過文字說給想像中的讀者聽。這類作家一旦有了足夠的寫作功力時，往往能把陳年老帳說得蕩氣迴腸，連柴米油鹽醬醋茶都教人百聽不厭，例如張愛玲、楊絳、村上春樹、珍．奧斯汀（Jane Austen, 1775-1817）……等。

做為一個讀者，年輕的時候遇見心儀的作家，感覺上往往像遇見了偶像，遠遠地崇拜，默默地瞻仰，聽聽他們說些「至理名言」，心裡就感到相當踏實。現在年紀大了一點，我開始發覺作家們在面對讀者的時候，胸中的波濤起伏很可能遠勝於（至少不下於）讀者內心的悸動吧？——說穿了，或許便是一種「又期待，又怕受傷害」的心情？為了避免受傷，有些作家採取了睥睨萬物的神態，像馬丁．艾米斯（Martin Amis）和威爾．塞爾夫（Will Self）；然而比較能夠讓我心動的，畢竟還是那些坦誠的作者。

最近我去參加了大衛．柏帝爾（David Baddiel）的新書發表會。柏帝爾是英國著名的喜劇演員兼文學評論人，但他意欲朝「嚴肅作家」方向發展的旺盛企圖心，在他的第三部長篇小說《祕密旨意》（*The Secret Purposes*）中顯露無遺。

其實柏帝爾向來是個能言善道又自信十足的角色，他的表演和論述通常都充滿了喧鬧的色彩，因此我很驚訝在新書發表會上所看到的他，竟然是那麼樣一個有智慧、低調而謙卑的人，全無他一貫在媒體上所顯現的自傲神氣！於是我忽然了解，戴上了喜劇演員和評論家的面具，柏帝爾可以嘻笑怒罵，但作家的靈魂卻終於暴露了他脆弱的一面。

發表會結束後，柏帝爾很客氣地為讀者簽名、拍照，我在離去之前告訴他《祕密旨意》寫得好，他燦爛的笑容簡直令人懷念！看來，讀者固然需要好作品的滋潤，有才華的作家其實也很需要讀者的鼓勵啊！

國家圖書館出版品預行編目資料

小書房大天地／蔡明燁著.初版.－臺北縣新店市：立緒文化，2010（民99.04）

面；　公分.（新世紀叢書；190）

ISBN 978-986-6513-23-7（平裝）

1. 文學評論 2. 作家 3. 文學獎 4. 文集

812.07　　99005203

小書房大天地

版——立緒文化事業有限公司（於中華民國84年元月由郝碧蓮、鍾惠民創辦）
作者——蔡明燁

發行人——郝碧蓮
顧問——鍾惠民

地址——台北縣新店市中央六街62號1樓
電話——(02)22192173
傳真——(02)22194998
E-Mail Address: service@ncp.com.tw
網址：http://www.ncp.com.tw
劃撥帳號——1839142-0號　立緒文化事業有限公司帳戶
行政院新聞局局版臺業字第6426號

行銷代理——紅螞蟻圖書有限公司
電話——(02)27953656　傳真——(02)27954100
地址——台北市內湖區舊宗路二段121巷28-32號4樓
排版——伊甸社會福利基金會附設電腦排版
印刷——祥新印刷股份有限公司

法律顧問——敦旭法律事務所吳展旭律師

分類號碼——812.00.001
ISBN 978-986-6513-23-7
出版日期——中華民國99年4月初版　一刷(1～1,500)

定價◎280元